女はウェンディが引くよりも速く身を反転させ、
ウェンディの喉に手を突きつけた。
不意をつかれた殺し屋のような態度だった。
R.O.D
READ OR DIE
イラスト／羽音たらく

砂浜の『GIVE ME BOOKS!』の文字が、
ひどく虚しく感じられる。
読子は、文字の横にぼんやりと身を横たえた。
「本が無ければ死んでしまう」

読子・リードマンさんですねっ！
私、大英図書館からおつかいで来ました、
ウェンディ・イアハートです！

R.O.D
READ OR DIE
YOMIKO READMAN "THE PAPER"

—第三巻—

倉田英之

スタジオオルフェ

集英社スーパーダッシュ文庫

R.O.D　第三巻

CONTENTS

スーパーダッシュ

R.O.D人物紹介

読子・リードマン

大英図書館特殊工作部のエージェント。紙を自在に操る“ザ・ペーパー”。無類の本好きで、普段は非常勤講師の顔を持つ。日英ハーフの25歳。

菫川ねねね

現役女子高生にして売れっ子作家。狂信的なファンに誘拐されたところを読子に救われる。好奇心からか、現在は逆に読子につきまとっている。

ジョーカー

特殊工作部をとりしきる読子の上司。計画の立案、遂行の段取りを組む中間管理職。人当たりはいいが、心底いい人というわけでもないらしい。

ウェンディ・イアハート

大英図書館特殊工作部のスタッフ見習い。持ち前の元気と素直さで、仕事と性格の悪い上司に立ち向かう。

カレン・トーペッド

ウェンディの同僚にして友人。沈着冷静な態度でクールな印象を周囲に与える大人っぽい美女。

ジギー・スターダスト

大英図書館特殊工作部開発部主任の製紙学者。エージェントが使用する新種紙を作り出す〝紙の職人〟。

ドニー・ナカジマ

先代の〝ザ・ペーパー〟にして読子の恋人。とある理由で彼女に斃され、殉職している。

イラストレーション／羽音たらく

R.O.D
READ OR DIE
YOMIKO READMAN "THE PAPER"

——第三巻——

プロローグ

あなたは今まで、何冊の本を読みましたか？

そして、何冊の本を思い出せますか？

本は、恋と同じです。

人生の喜びも、悲劇的な幕切れも教えてくれます。

幾度となくめぐりあうチャンスはあるけれど、それが幸福へのパスポートか、地獄への片道切符かは、最後にならないとわからない。

幸運なことに素晴らしい出会いを果たしても、新たな相手を知ってしまえば、それを入手するまで羨望《せんぼう》と欲望の炎に身を焦《こ》がすことになる。

本は、恋と同じです。

幾度となく体験しても、最後に胸に残るのはただ一人。

ただ一冊。

人類が知恵という名の武器を手にして以来、平和な夜などあったためしがない。

たとえば一九一二年四月一四日の夜。

オーストラリア、シドニーでは老いた石工《せっこう》のガーウィック・ギブンスが遊びにきた孫娘と平和な時を過ごしていた。樹イチゴのパイをたいらげ、軽石のパズルを共に解き、人生の恵みを神に感謝した。

しかし同日北大西洋では、タイタニックが氷山に接触し、沈んでいたのである。

自分の周囲が平穏でも、地球のどこかで必ずトラブルが起こっているのだ。

さてその夜は、珍しく世界の九割九分以上が平和だった。

災難は、連れだって一ヵ所に集まっていた。

彼らが待ち合わせたのは、太平洋に浮かぶある船だった。


カリフォルニア、ロング・ビーチ発横浜《よこはま》行。

太平洋を横断する航路を、今一隻《せき》の豪華客船が進んでいる。

その名は〝タイタン〟。

全長は八〇〇フィート、約二四〇メートル。積載可能量は三〇〇〇トン。

高速のクルーザーが船旅の主役を担《にな》ってからは、見かける機会も減った超大型客船だ。

その姿、大きさは自然と見る者にある船を連想させる。

海難史上最悪の事故に遭遇《そうぐう》した、〝タイタニック〟だ。

そのはずである。このタイタンは、歪《ゆが》んだジョークの末に建造されている。

一八九八年、モーガン・ロバートソンが書いた短編小説、『愚行《ぐこう》』が人々に衝撃を与えたのは一四年後、一九一二年だった。

タイタン号という豪華客船が氷山に衝突し、沈没するという筋書きが、タイタニック号遭難《そうなん》事故という現実となったのである。

彼を予言者と言う者もいた。ただの偶然と決めつける者もいた。

しかし、いずれにせよ『愚行』で描かれた船のスペックは、現実のタイタニックとおそろしく近いものだった。

船籍《せんせき》は共にイギリス、最高速度は二四ノット、スクリューは三基、事故の時期まで同じ四月と、不気味に一致していた。

だが、タイタニックは現実に沈んだが、タイタンが沈んだのは、あくまで紙の海である。

「もしタイタンが本当に建造されたら、やはりタイタニックのように沈むのか？」

アメリカ、アスダール運輸の会議室で社長の発したジョークは社内報に載り、業界紙に取り上げられ、新聞のコラムのネタになり、ついに八年後に現実となった。

その時点でようやく、

「酔狂《すいきょう》にしても悪趣味だ。タイタニックは現実に被害者を出しているのだから」

との声があがった。

そこでアスダールは、タイタンの航路を変更し、プロモーションを兼ねた処女航海を行うことにした。

一〇〇〇人の各界著名人が招待され、カリフォルニアから横浜へ、たっぷり三週間を費《つい》やす船旅に出た。

航海も半分を過ぎ、ハワイで最後の招待客を乗せてからは、その巨体はひたすらに横浜を目指している。

「この航路じゃ、氷山にぶつかりようもないなぁ」

というのは、ある航海士の軽口である。


連日連夜、船内にある大ホールでは宴席が設けられていた。

一流ホテルを相手にしても遜色《そんしょく》のない内装は、当初のコンセプトどおり一〇〇年近く前のアンティークな、しかし贅《ぜい》をこらしたものだ。

運ばれてくる料理も、カナッペの盛り合わせ、アスパラガスにクロタンチーズのサラダ、オマール海老《えび》のグラタン、北欧サーモンのブイヨン煮、牛フィレステーキ、フォアグラ添え……。招待客の肥《こ》えた舌をも飽きさせないメニューが揃《そろ》っている。

米国のみならず、イギリス、日本、フランス、その他世界中から集まった招待客は、この機会を利用して、と新たなコネクション作りにも勤《いそし》んでいた。各人得意の、〝様々な〟やりかたで。

しかし旅も中盤を越えてくると、そういった生活にも中だるみが出てきた。

豪華、広大とはいえ閉鎖《へいさ》空間、甲板《かんぱん》でゴルフはできてもホールを回れるわけではない。

招待客の一部は、極秘に〝知らされた〟イベントを心待ちにしていた。

今夜、この船で行われる、秘密のイベントを。

「人間の欲望には限りがない、しかしだからこそ、限りない進歩を続けられるのだよ」

ディック・マードックは、同じテーブルの若者に得々と語り続けた。

「まさに。欲望は人間のガソリンというわけですな」

金髪を撫《な》でつけた若者は、にこやかに頷《うなず》いた。

三〇代前半だろうか、壮年、老人の多いこの会場では珍しい。

招待客で若者といえばコンピュータ関係者か、スポーツ選手が思い浮かぶ。しかし彼はそのどちらにも思えなかった。

まあどちらでも構わない。ディックに必要なのは、自分の哲学を聞く人間なのだから。

「私は若い時、アリゾナで油田を掘り当てた……。一年の半分を文無《もんな》しで過ごしていた人生がその日で変わった」

会場となっているフロアーには、冷房すら無効化しそうな熱気があふれている。

獲物を狙う獣のような光が、高級スーツの上に乗っかっていた。

「豪邸《ごうてい》を建て、愛人を囲い、目に入るものは全て買った。それでも金は尽きなかった。株を買ったら、これがまた儲《もう》かった。儲かってしまった。私は子供の時、欲しかったものを全て買い尽くしてしまったのだよ」

「うらやましいお話です、ミスター」

「それでは、オークションを開催します！」

ホールの前に設置されたステージで、男が宣言した。

途端に拍手が起きる。静かで、重い拍手だった。

「始まりましたね」

マードックは重く垂れた瞼《まぶた》を動かし、ちらと周囲を見た。

誰からも、ぎらぎらとした欲望のオーラが立ち上っている。

「……不思議なものだ。対象が無くなっても、欲望は止まらない。……私は、美術品を買い漁《あさ》り始めた。新聞の一コマ漫画しか興味のなかったこの私が」

マードックは、話を止めなかった。若者はおや、という表情を見せたが、黙って聞いている。

「……本日は、どこのオークションにも出品されないほどの超稀覯本《きこうぼん》の数々をご用意させていただきました。……無論、公《おおやけ》にできないものばかりです。しかし、真の〝愛書狂《ビブリオマニア》〟でいらっしゃる皆様がたなら、一人、自分の部屋で恍惚《こうこつ》とそれらを眺める悦《よろこ》びで、お買い求めの価値は十分にあるとご承知でしょう」

テーブル客の中から、小さな失笑が漏《も》れた。

「ピカソ、ゴーギャン、ゴッホ……真作も贋作《がんさく》も買った。私には〝求める〟ことこそ重要だったのだ。この場にいる、彼らのように……」

ディックの感傷を横に置き、ステージにはしずしずと二冊の本が運ばれてきた。

「一四五五年、マインツで出版された『グーテンベルク聖書』。上下巻です」

おお、と空気が震えた。

一九七〇年、ニューヨークでの落札価格は二五〇万ドル、当時にしても約九億円である。世界で最も高価な書物なのだ。完本は二一冊しか確認されていない。原葉は一ページでも一〇〇万円を下らない。

当然、その所在は厳しく管理、報告されている。合法的には、個人で所有することなどほぼ不可能に近い。だが、非合法なら……。

「入手先は、お聞きにならないよう。ただし本物である保証は、あと数日もすれば新聞記事となって世界中に報《しら》されることでしょう」

つまり、どこかの図書館、あるいは財閥《ざいばつ》からの盗本ということだ。

だがしかし、それを咎《とが》める者などこの場にはいない。彼らは招待客の中でも、厳選されてリストに名を連ねる秘密共有者なのだ。

莫大《ばくだい》な富と、それに比例する後ろ暗い過去、そして欲しいものはなんとしても手に入れるという執念を併《あわ》せ持つ者たちなのである。

「では、開始します。まずは三〇〇万ドルから！」

たちまち、四〇〇、五〇〇の声があがった。

「剛気《ごうき》なものですね、皆さん。表に出せない本なのに」

どことなくクールな物言いで、若者が笑う。

「知られようと、知られまいと、関係ない。真の所有とは、自分だけの悦楽《えつらく》だよ」

そうは言いつつも、ディックはこの熱気に参加する気になれなかった。

周囲が熱狂的になるぶん、自分の頭は冷静になっている。

ディックは癌《がん》を宣告されている。

もってもあと、半年だという。今からなにを求めても、人生はすぐに終わるのだ。

……部屋に帰って、ワインでも飲んでいたほうがいいのかもしれない。

そんな考えが頭をよぎった。

「八〇〇万！」

前のほうのテーブルで、男が大声をあげていた。あれだけ目立つのは、代理人だ。

真の出資者は別のテーブルにいるに違いない。

「八〇〇万、以上はありませんか？」

微妙に冷めた顔で、他の客たちが黙る。本一組に出すには、勇気のいる金額だ。

男が得意げな顔を作った。オークションのプロローグを征した優越感が、顔に出ている。

「きゅーひゃく、まん〰〰」

温度の低い、というよりはナマヌルい声で、男の顔が変わった。

「……九〇〇万、ですか？　お嬢様《じょうさま》？」

ステージの男も、思わず確認の言葉を向ける。

その方向にあるテーブルに、全員の視線が集まった。

「はぁ～……」

声の主は、女だった。それも風変わりな女だった。

豊満、といえる身体《からだ》を胸の開いたドレスに包んでいる。首には高級そうなネックレス、アップした黒髪は肌の色と同じく、東洋系のそれである。

美女といえる。

しかし、その造作《ぞうさく》に一点、男ものの不格好なメガネをかけている。

豪奢《ごうしゃ》な雰囲気《ふんいき》が、それで妙にちぐはぐに感じられるのだ。

間違い探しのような女だった。

ドレスも着慣れていないのか、肩ひもをしきりと気にしている。そんな仕草がまた、この場にそぐわない。

「……九〇〇、以上は？」

それでもオークションは続けられる。

男は視線の端で、スポンサーを見た。二つ隣のテーブルについている、インターネット事業の社長である。

彼は組んだ腕に隠して、小さく親指を立てた。

「九五〇！」

「せん〜……です……」

間髪《かんぱつ》を入れないカウンターに、男がテーブルのグラスをこぼしそうになった。明らかな動揺だ。

一〇〇〇万ドル。一〇億八〇〇〇万円。古い聖書など、教会に行けばただで貰《もら》える。

それにこんな大金を注ぎ込むのは、よほどの金持ちか、バカか、バカな金持ちだ。

「呆《あき》れたな。……あの女も、なにを考えているんだ？」

ディックの驚嘆《きようたん》に、若者が頷《うなず》いた。

「さぁねぇ。……よっぽど、本が好きなんでしょうねぇ」

社長はといえば、難しい表情を作って一分間悩み、指を二本だけ立てた。

「一二〇〇！」

息を吹き返したボクサーのように、男が高らかに宣言した。

「うー……」

さすがに女が黙った。

「？」

ディックと女の目があった。女が、自分を見たように思えたのだ。自分のテーブルの、ほうを。

女はにっこりと笑顔を作り、

「はいっ！　はいはいっ！」

ジュニアスクールの生徒のように元気よく手を挙げ、言った。

「五〇〇〇万ドル！」

場の空気が落ちた。五四億円である。値をつりあげるにしても、オークションは一段ずつステップを踏んでいくものだ。これでは棒高跳びである。

「ごせん……？　ほ、他には……？」

男がスポンサーの社長を見る。

社長は無言で、親指を下に向けた。

「五〇〇〇万！　五〇〇〇万ドルで落札が決まりました！」

「わーい」

呼ばれもしないのに、女がテーブルを立ち、ステージへと上がってきた。どうやら、その場で貰《もら》えると思っているらしい。

「……………………」

追い返すわけにもいかず、仕方なく男がマイクを向けた。

「……おめでとうございます」

「はいっ。ありがとうございますっ」

無邪気な笑みを、ディックは唖然《あぜん》と見つめていた。常識はずれの競《せ》り落としが、まるで冗談のようだった。

「……ああいう人種もいるのですよ、ご老人」

若者が、テーブルの下からスーツケースを取り出した。あくまで周囲に見えないように、だが。

「……？」

壇上《だんじょう》では、女へのミニインタビューが始まっていた。

「さしつかえなければ、お名前を？」

「はいっ。読子《よみこ》・リードマンと申します」

律儀《りちぎ》にも、ぺこっと頭を下げる。至近距離で、男だけが胸元の谷間を楽しんだ。

「私どもが申し上げるのもなんですが、よく五〇〇〇万ドルという大金をお支払いになれますねぇ、たった一組の本に」

「……ああ、ご心配なく。払いませんから」

ど、と笑いが起きる。読子の発言はジョークだと受け止められたようだ。

「それは困りますねぇ。お金を払わないと、本は渡せませんが」

「んー、でも、あなたたちだってもともとドロボーしてきたわけじゃないですか。人から盗んで自分たちだけお金ちょーだいって、不公平だと思います」

空気が変質した。読子の言葉は、冗談で笑えるレベルをわずかに越えつつあった。

それを敏感に察知した男が、慌《あわ》てて読子を戻らせようとする。

「なるほど。その件については、別室にてゆっくりお話しましょう。では、一旦お席のほうへ……」

読子が、男のマイクを握った。

「お席から、動かないでください。えーと、皆さんを、国際稀覯本《きこうぼん》盗難売買の現行犯として、拘束《こうそく》させていただきます」

瞬時では理解できないセリフに、客たちが読子を見つめる。

読子はもたもたと、胸の谷間に押し込んでいた紙を引っ張り出していた。

クシャクシャになっていた紙は、一瞬で折り目一つないものと変身する。まるで生き物のように。そしてその表には、この世界にいる者なら見間違えるはずのないマークが描かれていた。

「大英《だいえい》図書館！」

誰かが声をあげた。

「はぁ。よろしく」

読子がにへら、としか形容のできない笑みを作る。

客の大半が、その笑みに悪魔の顔を見た。

驚きに囚われている客に比べ、オークションスタッフの反応は素早かった。

部屋の隅々《すみずみ》にいた男たちが懐《ふところ》から銃を出し、構える。

「伏せろっ！」

ステージにいた男の声が、合図となった。言葉どおりに自分も床に身を投げる。

男たちの銃口が、全て読子に向けられた。

「！」

銃声が盛大にバラまかれた。そこかしこで祝福のシャンパンを抜いているようだった。

だが一瞬後、銃声と硝煙《しょうえん》が消えた時、客たちは信じられない光景を見た。

「……抵抗しても、無駄なんですけど……」

読子が、紙を掲げて銃弾を防いでいた。銃弾は金属にめりこむように、読子の持つ紙に埋まっていた。

「ザ・ペーパァァ！」

若者が大声をあげた。

「あなたっ、それっ！」

言われて初めて、読子は咄嗟《とっさ》に自分の使った紙に気づいた。

それはまぎれもない、『グーテンベルク聖書』から破りとったページだった。

「あわっ！　じょ、ジョーカーさんっ！　直りますよね、これっ⁉」

一転して落ち着きを失った読子に、若者――ジョーカーが嘆息《たんそく》する。

「あなたって人は……」

その視線が、最後にディックに向けられた。

「ミスター。あなたはもうすぐ、熱烈に欲しがるようになりますよ。塀《へい》の中で自由を、ね」

「⁉」

やり取りの間に我を取り戻していた男たちが、第二波を撃つべく銃を構える。

「ザ・ペーパー！」

再度ジョーカーはその名を呼び、スーツケースを放った。

スーツケースは宙で魔法のように開き、白いコートが中から飛び出る。

ドレスの読子はワルツを踊るように身を回転させながら、落ちてきたコートに袖《そで》を通した。

美しい回転の最中にも、銃弾が浴びせられる。

しかしそのどれも、コートに傷一つ着けられなかった。

「大英図書館、特殊工作部特製の合成紙コート。やはり彼女によく似合う」

ジョーカーの顔に笑みが浮かぶ。

優雅な円舞は終わった。白いコートからパラパラと弾丸が落ちる。インナーポケットから取り出した紙を指に構え、読子が客たちに向き直った。

「紙の裁きを、あなたたちに」

言い終わると同時に、紙片が放たれる。

それは空気を切り裂き、男たちの持つ銃口に切り込んだ。

「!?」

どやどやと、異変を聞いた男たちが入室してきた。筋肉の厚みと重みをギャランティーに反映させる、肉弾戦の男たちだ。

その間に、招待客が出口に殺到する。

「客を逃がせ！　早く！」

伏せたままで男が、指示を飛ばす。

彼らから得るはずの収入が、この航海の裏収入となるのだ。このままでは、建造費の赤字を埋めるどころか、アスダール丸ごとが告訴され、倒産する。

「ダメですっ」

しかし、読子の放った紙のほうが早かった。

それは閉じたドアに貼り付き、溶接したように固定する。ドアの前で、客たちは困惑の悲鳴をあげる。

男たちがステージに上がり、読子に迫った。

「ふんぬううっ！」

太い腕が、読子の身体《からだ》を摑《つか》んだ。そのまま握りつぶす。

「!?」

読子はバキバキと丸まり、破れ落ちた。

紙だ。紙に描かれた〝だまし絵〟だった。

「なんだ!?」

「なんだ、と言われても……」

男の後頭部を、ハリセンが叩いた。

「ぐごっ!?」

ただのハリセンが、凶暴な破壊力で男の意識を粉砕《ふんさい》した。男はだまし絵に描かれた、読子の胸の部分に倒れていく。

「え、えっちですね」

倒れた同胞《どうほう》の仇《かたき》とばかりに、新たな男たちが襲いかかる。

「だから、無駄だと思うんですけどぉ……」

コートの裾《すそ》がバラバラとほどけ、男たちの足下に散らばる。

「!?」

その紙片を踏んだ男たちの動きが止まった。紙片が、強力な粘着力《ねんちゃくりょく》で靴《くつ》を床に固定したのだ。

コートの袖《そで》から、読子の手の中に紙テープがスライドした。

「あの、ちょっと、気絶しててくださいね」

読子は、男たちの額めがけてそれを放った。


「ひぃっ、ひぃぃぃっ!?」

「どこへ行かれるおつもりですか?……って、まあ逃げるんでしょうが」

オークションを取り仕切っていた男の前に、ジョーカーが立つ。

「今ごろ、甲板《かんぱん》も制圧されてますよ。どうかおとなしく降伏してください」

「しっ、してたまるかっ! 金が入らないとどのみち会社に殺されるんだ!」

「それはまあ、あなたの人生ですから。私に責任は取れません」

笑顔と言葉の間に、異様なまでの温度差が生じている。それは男を逆上させるに十分だった。

「フザけやがってぇ……っ！」

男はポケットから端末を取り出し、素早い動きでボタンを押した。

「！」

ジョーカーの足が、それを蹴《け》り飛ばす。壁に当たったそれは、しかしコマンドを実行した電子音をあげた。

「……なにをしました？」

「ひゃあっははは！　さ、最終手段だよ！」

ジョーカーは、男の胸ぐらを摑《つか》んでしめあげる。

「なにをした、と聞いてるんです」

たいした力ではない。ジョーカー本人に、そんな膂力《りょりょく》はない。彼は口を武器にする男なのだ。だが彼の後ろでは、読子が男たちを倒し続けていた。

その事実と雰囲気《ふんいき》が、男の口を割らせた。

「船の、制御《せいぎょ》コマンドを削除した。この船は止まらない。やがて、島に激突する」

「！」

「どこに激突するか知ってるか!?　シーマイルの、原子力発電所だ！」

ジョーカーの顔から血の気《け》が引いた。

「ジョーカーさぁん……とりあえず、一段落しましたけどぉ……」

彼の背後から、読子ののんきな声が聞こえてきた。


タイタンは、二〇ノットで太平洋を進んでいる。

航路はわずかに予定から逸《そ》れ、シーマイル島に直進していた。

「……ずいぶん大胆《だいたん》な証拠隠滅ですね……」

大騒ぎとなっている甲板《かんぱん》を下に見ながら、ブリッジの読子がつぶやいた。

制御盤に投射された海図を、ジョーカーがなぞる。

「タイタン建造に出資しているのは、アスダールだけではありません。しかしそれは表向きの話。裏で癒着《ゆちゃく》、あるいは同系列にある会社ばかりです。タイタンが事故を起こせば、これらの会社に保険金が払われます。もちろん、それはアスダールに還元《かんげん》されるでしょう」

「でも、それって〝ズル〟じゃないですか」

「ズルでも、証拠が無ければ裁判は長引きます。裏工作をするには十分な時間が稼《かせ》げます」

指の先には、シーマイルがある。発電所と、勤務職員の家族が住む小さな町がある。

発電所は砂浜を挟んで海に隣接している。その後ろは小高い丘だ。

タイタンの巨体がこの砂浜に乗り上げ、発電所に突入したら、間違いなく事故が起きる。周囲一帯は〝消滅〟する。

「乗客は、ボートとヘリで避難できますが……」

甲板では、大英図書館のヘリと救命ボートによる退去が行われていた。騒々《そうぞう》しいのは、そのせいだ。

「島民を脱出させるには、時間がありません」

ジョーカーの顔が、苦く歪《ゆが》んだ。

「おかしいです、そんなのっ！　悪い人たちが助かって、関係ない人たちが死んじゃうなんて！」

読子の言葉は、まぎれもない正論だ。だが実際には、正論だからといって世に通るとは限らない。

「スピードは落ちません。機関室は閉鎖《へいさ》されてます。あと一時間では、手段が……」

「みんなで脱出して、船ごと爆破！　じゃダメなんですか？」

「白兵戦《はくへいせん》を想定していたので、強力な爆薬は用意していないんです。あるのは通常装備と、あなたの特殊紙だけ。浸水で沈没させるにも、それこそ氷山でもない限りは……」

読子は地図を睨《にら》んだ。その横で、ジョーカーは腕時計を見つめる。

「……とにかく脱出して、島の職員に連絡しましょう。できる限りは助けないと」

「！」

ゆっくりと、読子が顔をあげる。

「……特殊紙は、あるんですねっ⁉」

「無茶です。無謀《むぼう》です。どう考えても、不可能です」

ヘリでシーマイルに先回りしたジョーカーは、あと十数分もすればタイタンがやって来る海岸にいた。

思ったより広い海岸だが、四〇〇メートルほど先にはもう発電所がある。

「考えるより！　紙をください、もっともっと！」

読子もその海岸にいた。言われるまでもなく、ジョーカーは持参した戦闘用紙はもとより、個人的に読みかけだった小説まで破いて、砂浜にバラまいている。

彼らのみならず、砂浜には特殊工作部のスタッフが右往左往していた。

全員、ありったけの〝紙〟を持ち出して、浜に二本の平行線を書いている。

その長さは三〇〇メートル弱。発電所の目前である。

ジョーカーは、ノートパソコンで開発主任、ジギーから聞いた特殊用紙のスペックを調べていた。

「耐熱、耐水、対衝撃……。強度は大気圏《たいきけん》突入も可能。ハイバリアー複合のセルローズファイバーで……これ、鵜《う》呑《の》みにしていいんですかね？」

「とにっ、かく！　もう時間が無いんですからっ！」

読子はせっせと、線から枝のように紙を切り分けていく。

「見えました！」

観測スタッフが、夜の海に無人となったタイタンを発見した。

「侵入角度、一致！　推定あと四分で、接岸します！」

衛星からのデータに照会し、スタッフが読子に現状を報告する。

「わかりましたっ！　みんな、もう結構ですから離れててっ！」

わらわらと、スタッフが紙の線から離れていった。

幅三〇メートルはあるだろうか、読子はその、中間に立つ。

「…………………」

しまった。

「ジョーカーさんっ！　本、貸してくださいっ！」

読子は、ジョーカーが『グーテンベルク聖書』を保管しているケースを指さした。

「これまで使う気ですかっ⁉　それでは今回の計画の意味が！」

「後で返しますっ！　原葉が揃《そろ》ってれば、復元できるじゃないですか！」

かけよった読子はケースを開き、問答無用で聖書を持っていく。

「……ごめんなさい、グーテンベルクさん！」

走りながら、平行線に垂直になるように、ページを破って落としていく。

ジョーカーはがっくりと肩を落とした。あとはもう、わが大英図書館の復元技術に期待するしかない。

導火線のように、二本の線から中心へと紙を配置し、読子は改めて立った。

海を見据《みす》えると、もう目の前までタイタンが迫っている。

「接岸まで、あと三〇秒！」

スタッフの悲鳴じみたカウントダウンに、読子が陸上競技で言うところのクラウチングスタートの姿勢を取る。導火線がわりの紙に、それぞれ手をそえる。

「いきますっ！」

砂浜が揺れた。タイタンの起こす大きな波が乗り上げてきた。

「よーい……」

読子の声に、距離をおいたスタッフが息を呑《の》む。

「どんっ！」

ドミノを逆まわしにするように、紙がばたばたと立ち上がっていった。

それは平行線へと移り、同様の現象を伝えていく。

「…………おお……」

ジョーカーが、思わず声を漏《も》らした。

線状に並べられた紙は、双頭《そうとう》の蛇のように身を持ち上げる。

それは自らのうねりを震えながら修正し、二本の長大な棒となった。海側の一端を砂に潜り込ませ、夜空に向けて斜角を作る。

枝状に配置された紙が地に根を張り、土台となった。

戦艦のカタパルトのように、砂浜に二本の紙の棒がそびえ立つ。

中心では、万歳《ばんざい》の姿勢で読子が立ち上がっている。

「接岸、します！」

スタッフの言葉は、誰にも届かなかった。

砂浜に乗り上げたタイタンの振動でかき消されたのだ。

地震なみの衝撃で、砂が宙に舞い上がった。

タイタンの船底が、紙の発射台に触れた。

「！」

読子が奥歯を噛《か》みしめ、力をこめる。ザ・ペーパーとしての能力を。

タイタンは進んだ。海上に劣らない勢いで直進した。

二本の、紙でできたレールの上を。

「！　！　！」

スタッフが、ジョーカーが声をあげていた。悲鳴なのか、声援なのか、自分たちにもわからなかった。

タイタンが、紙の上を上っていく。
読子はそれを、真っ正面から見ていた。
黒い船底が、視界を完全に覆《おお》った。轟音《ごうおん》が、聴覚すべてを支配した。
やがてそれは頭上へと達し、通り越していった。
崩《くず》れそうになる足を、読子は必死で耐えた。
巨大なスクリューが砂を削り上げ、宙へとばら撒《ま》いた。
タイタンは、海から浜へ、浜から発射台へと乗り上げ……。
「！」
そして、宙へと飛んだ。

その瞬間、轟音は静寂へと切り替わった。
圧倒的な抵抗が消え、読子がへたり込む。同時に、紙の発射台も崩れ落ちた。
皆が、呆然《ぼうぜん》と口を開けていた。
大英図書館特殊工作部に勤務していれば、いろいろな場面に遭遇《そうぐう》する。
しかし今、目の前にあるのはあまりに冗談じみていた。
読子も、のろのろと背後を見た。
「あー……」

タイタンが、空を飛んでいた。

原子力発電所の上を、飛んでいた。

鮮やかな月光に、シルエットとなって。

「……箝口令《かんこうれい》は、いりませんねぇ。……こんなの、誰が信じますか」

スタッフの一人は、ジョーカーがこうつぶやいたのを確かに聞いた。


タイタンは、発電所の上を、山なりの軌道を描いて跳び……。

数十メートル先の丘に、着地した。

その衝撃は、発電所の震度計を振り切り、所内の設備は一時、緊急停止を余儀《よぎ》なくされた。


海岸の後かたづけをスタッフにまかせ、読子はタイタンの側にやってきた。

ビルほどもある巨体が、丘の上にそびえ立っている。

「……どうしましょう、ねぇ……」

さすがに困りはてた顔で、ジョーカーが後ろに立った。

「でもまあ、事故は防げたし、証拠も守れたわけですから……めでたしめでたしですよ、ね？」

読子は精一杯の愛想笑いを作ったが、それはドレスと同じく、彼女には不似合いはなはだしいものだった。

ジョーカーは真っ白になりそうな頭で、どう報告書をまとめたものかと思案した。

だが、この状況をごまかすアイデアなど、ハリウッドの脚本家でも出そうにない。

彼はただ、しみじみとつぶやくのだった。

「タイタニックは海に沈み……タイタンは陸に上る。向こうは悲劇、こっちは喜劇ですねぇ……」

第一章　『ウェンディ・イアハートの場合』

「全てのものは、二面性を持っている」

英国人は、この格言を好む。

そして彼らの性質は、まさにそれを実証している。

普段は〝英国紳士〟として冷静、堅実にふるまっている人物が、サッカーの試合では傍若無人《ぼうじゃくぶじん》なフーリガンと化す。あたかも母国が産み出した作家、スティーブンソンによる『ジキル博士とハイド氏』のように。

無論、表裏のない人種などいない。だが他国人に比べ、彼らの落差が際だつのもまた事実だ。

その落差は、時に重大な事件の要因となり、時に日常におけるささやかなドラマの脚本を紡《つむ》ぎだす。

六〇〇〇万人の英国国民は、それに倍する性質で、今日も大小様々な物語を創り続けている。

部屋の中には、一人の男性と二人の女性がいた。

広い部屋だが、窓はない。灯りは天井につけられた蛍光灯《けいこうとう》のみだ。

壁面積の九割以上が、たった一種類の家具で覆《おお》われている。

本棚《ほんだな》だ。

本棚は自らの役割をきちんと果たし、その口いっぱいに書物を頬張《ほおば》っている。

洋書、和書、ハードカバーにペーパーブック、年代ものの古書、ブックスタンドに並んでいそうなコミックブック、雑誌、パンフレット……。

並びも雑多なら、種類にも一定の傾向というものが見受けられない。

本の愛好者は「本棚を見ると持ち主の性格がわかる」と言うが、部屋の所有者の心理には、混沌《こんとん》という海が広がっているに違いない。

はたしてそれらの本を所有する男、この部屋の中で主導権を一手に握っている男――ジョーカーは、そんな本棚とは正反対の外観で、大きな机に着いていた。

一本の反抗も許さない、完璧《かんぺき》に撫《な》でつけられた髪型。超高級であることは疑う余地もないスーツ。布製であることが信じられないほど美しい形を保っているネクタイ。

〝紳士〟という項目をエンサイクロペディアーブリタニカで引けば、その横に彼の写真が掲載されていることだろう。

神妙な顔を作っていたジョーカーは、不意にその顔を崩《くず》し、親しみやすい笑みに変えた。

「……なるほど。ここまで拝聴《はいちょう》した限りでは、お二人とも司書《ししょ》としては非常に優秀、との印象を受けました」

女性二人は、机に対するように置かれた椅子《いす》に、それぞれ腰かけている。

緊張の空気を緩和《かんわ》する言葉で、一人が安堵《あんど》の息を漏《も》らしたが、残る一人は冷静な顔を変えなかった。

二人とも、同じ大英《だいえい》図書館司書の制服を着ている。

作られた面を被《かぶ》ったように、整った相貌《そうぼう》を崩さない美人。純白の紙にピンクのシートを乗せたような肌。ロングヘアーのブルネットは首の後ろで束ねられている。メガネの小さなレンズには、埃《ほこり》ひとつついていない。歳は二〇代中頃、といったところか。

片や褐色《かっしょく》の肌に明るすぎる金髪、初見《しょけん》の違和感を中和するように少女らしさを残した顔つき。息をついて下を向いた目は、自分の腕抜きに白い埃の模様を見つけ、慌《あわ》てて指で擦《す》り消した。

制服以外は対照的な二人だった。

ジョーカーは、純度の薄い愛想を振り分けた。

「カレン・トーペッド君」

ブルネットが頷《うなず》いた。

「ウェンディ・イアハート君」

金髪が、ジョーカーに視線を戻した。

「はいっ！」

と勢いづいた返答が、コンマ三秒遅れて届いた。

「……しかし我々特殊工作部が求めているのは、司書としての優秀さではありません。その名のとおり、もっと特殊な者なのです」

ジョーカーは笑ったまま、言葉に硬質の微粒子《びりゅうし》を含ませる。

「英国国民、ならびに他国民に向けてのサービス、アピールという意味においての活動は、通常の〝大英図書館〟で十分です。しかし、本に表紙と裏表紙があるように、ものごとには全て〝裏〟がある」

ジョーカーは、肘《ひじ》を机に乗せ、端麗《たんれい》な両手の指をからめた。

「本に関わる事件、犯罪、トラブル、合法非合法を問わない稀覯本《きこうぼん》の収集、時に奪回、簒奪《さんだつ》、争い……それらを一手に引き受けるのが、我々特殊工作部の仕事です。……志願したからには、ご承知でしょうが」

芝居がかった口調に、ウェンディが唾《つば》を飲んだ。どこまでも対照的に、カレンは眉《まゆ》の毛一本すら動かさない。

「その根底に流れる精神はあくまで文化の保護、叡智《えいち》の追求ではありますが、一般的にはまだまだ公表できる段階ではありません。特殊工作部への参加を望むということは、生涯《しょうがい》の秘密を抱え込むことでもあるのですよ。あなたたちは、その覚悟もできていますか？」

「はい」

「……はい」

輪唱《りんしょう》のように、返答が響いた。即答したのはカレン、一拍《いっぱく》の間を置いたのはウェンディのほうだった。

「では面接官として、最後の質問をさせていただきます」

ウェンディの姿勢が固くなった。あまりにもわかりやすい反応に、ジョーカーは一秒間だけ苦笑した。

「……あなたたちは、テムズ川のほとりにいます。ふと水面を見ると、人が溺《おぼ》れています。その人は、個人では随一《ずいいち》の蔵書を誇ると言われるジェファーソン卿《きょう》。しかし彼から離れた場所で、『バルカンの門』の初版本《しょはんぼん》が沈みかけている。卿は泳げない、当然本は防水処理を施《ほどこ》されてない、両方救う余裕はない。……さてあなたたちなら、どちらを救いますか？」

心理テストのような質問だった。

眉《まゆ》をしかめるウェンディより一足先に、カレンが口を開いた。

「本を救います」

迷いの片鱗《へんりん》すらない答えだった。

「ほう、理由は?」

どことなく楽しそうに、ジョーカーが質問を重ねる。

「『バルカンの門』初版本は世界でも四冊しか確認されていません。卿《きょう》は当年で九一歳、しかも心臓を患《わずら》っていると聞きます。救助しても、お亡くなりになる可能性があります。それでは、結果として全てが無駄になります」

「人命よりも本を尊重、というわけですか?」

「卿が、伝え聞く通り真の愛書家なら……ご本人も、それを望むはずです」

「なるほど。……ぜひ直接、卿にお伺《うかが》いしてみたいことですね」

カレンの表情は変わらない。人権団体が抗議してきそうな答えも、数式のように淡々と述べるだけだ。

隣席からの冷気に凍えるように、ウェンディがおずおずと手を挙げた。

「あの……」

「挙手《きょしゅ》は結構ですよ。ウェンディ君、君の答えは?」

ウェンディは一度、カレンに視線を散らして答える。

「私は……ジェファーソンさんのほうを、助けますが……」

市民レベルに降下した尊称《そんしょう》に、当のウェンディ以外の二人は気づいたが、それが他意あってではないということも容易に推測できた。

「理由は？」

「……やっぱり、人命って、取り返しのつかないものだし……。ジェファーソンさんにしたって、死ぬのはイヤだと思うんです」

ウェンディ以外の二人は、部屋に充満していた空気が変質していくのを感じた。今までその中で大半を占《し》めていた〝理論〟は、ウェンディが言葉を続けるにつれて、〝感情〟へとすり替えられていった。

「それにあの、あと三冊あるんですよね？　なら、読みたい時には回し読みすれば……。とにかくジェファーソンさんは、この世に一人しかいないんですから」

ウェンディの弁論は、どうやらそこでフェイドアウトしたようだった。下を向き、腕抜きに残っていた埃《ほこり》の輪を指でなぞる。

「なるほど。これはまた反対に、本より人を取る、というわけですね。卿が聞いたら、さぞかし感動なさることでしょう」

ウェンディは再度、カレンのほうを見た。カレンは何の反応も見せず、ただ前方だけを見つめている。

「お二人とも、私の質問に対してきちんと自分の意見、そして理由を持っている。これは評価すべき点だと思います」

ジョーカーは長い指をほどいた。その指先で、二人の返答を払いのけるために。

「しかし、お二人の答えは両方とも間違いです」

「!?」

さすがにカレンも疑問を覚えたか、入室以来初めての感情――困惑――を目に浮かべた。

「どうしてですか？　私は本を、彼女は卿《きょう》を選択しました。どちらかが正解のはずです」

詰問《きつもん》に近い声質を、ジョーカーは快く受け止めた。

「いいえ。この問題の正解は『本も人も、両方助ける』です」

一瞬、女性二人の戸惑いが停止した。ジョーカーの返答を、脳で吟味《ぎんみ》する時間が必要だったのだ。しかしそれは、いくら味わっても納得のいく味覚に到達できなかった。

「でもあの……質問は『両方救う余裕はない』って言ってたような気が……」

「おっしゃいました。それに、『どちらを助ける？』がこの質問の趣旨《しゅし》なはずです」

ウェンディの言葉を、カレンが援護、補足する。意図しない共同戦線が、ジョーカーの前に張られた。

「もちろん、言いました。だが逆に、それ以上の状況は言っていない。あなたたちの傍《かたわ》らに浮き輪があったかもしれない。他の人がいたかもしれない。両方救える可能性は、いくらでもあるのです」

しれっと言葉を続けるジョーカーに、二人は同時に口を開いた。

「……その答えは、正当性に欠けています」

「ズルですっ！」

表現の差こそあれ、語意は完全に一致している。だがジョーカーは、その両方ともを公平にはね除《の》けた。

「そう、ズルい。正当性にも欠けている。だが我々特殊工作部が担当するのは、まさにそういった事態なのです」

穏やかな声は変わらない。しかしその芯《しん》には、反論を受け付けない厳しさが出現している。二人を黙らせるのに、十分な厳しさが。

「我々特殊工作部の人間なら、たとえどれだけ余裕が無くても、本と卿を救います。あなたたちの思いつかなかった方法で。両方を救い、その返礼に本を戴《いただ》き、老い先短い卿に恩を売り、死後、彼の蔵書を寄贈《きぞう》させる。すべてが大英図書館のためになる。これが、理想の答えなのです。そして我々は、理想以外のものは求めない」

ジョーカーの顔から、笑みが沈んでいった。替わって、声に正しく比例する冷徹な表情が浮上する。ウェンディはもとより、カレンもそれを直視できず、俯《うつむ》いた。

「……あなたたちは、私の質問で自ら選択肢《し》の範囲を限定した。非常事態に直面した時、その思考法は役に立ちません。柔軟にして大胆《だいたん》な発想をする人材こそ、我々の必要とするものなのです」

部屋の温度が下がったような感覚があった。語気荒く叱咤《しった》されるよりも、彼の言葉は深く心を責めたてる。自分が不必要な人間である、そんなことを強調されて、二人の心は暗くなっていく。

「……とは言っても、この質問の正解者なんてほとんどいないんですけどね」

不意に、ジョーカーの口調が戻った。安堵《あんど》よりも軽い驚きでウェンディ、カレンが顔をあげる。そこに見たのは、元の愛想を貼り付かせた顔である。

「かくいう私もそうです。あなたたちと同じく、面接官に抗議したものでしたよ。いや、ウェンディ君ほど直接的ではなかったかな」

急速に温度を取り戻した空気に、ウェンディが思わず笑った。カレンも笑いこそしないものの、平静を取り戻していた。

「まあ実際、誰が考えたのか知りませんが、意地の悪い質問なんです。私の知る限り、正解者は二人しかいません。誰かは言えませんが、こういう類《たぐい》の質問に答えられるのは変人かひねくれ者、とだけコメントさせていただきましょうか」

面接する者、される者。主導権を把握《はあく》しているとはいえ、ジョーカーの会話術はその場を完全に支配していた。

当然である。特殊工作部に彼が所属し、管理職の地位を得ているのは、ひとえにこの話術があるからなのだ。

人心掌握《じんしんしょうあく》と汗一滴を見逃さない洞察《どうさつ》、変化する状況に於《お》いて最も効果的なタイミングの見極め。それが、エージェントたちの特殊能力に並ぶジョーカーの〝武器〟なのである。

ジョーカーは壁の時計を見た。まもなく九時になろうとしている。

大英図書館の開館は九時三〇分である。日曜日だけ一一時と定められているが、火曜日である今日は通常開館となる。

〝戻り〟と準備の時間を計算に入れると、それほど余裕はない。ましてや今日は、図書館にしても特例の行事があるのだ。

彼女たちの上司から提出された資料を揃《そろ》え、面接の終了を告げる。

「お疲れさまでした。これで、私の面接は終了です」

二人の不安が、空気に漂うのが見えた。

「心配はありませんよ。特殊工作部採用は、これだけで決まるわけではないのです。あなたがたにもまだ、チャンスはありますす」

ウェンディの顔が明るくなり、カレンの表情は無機質に変わる。

ジョーカーの言葉を、一方は〝まだ望みがある〟と受け取り、もう一方は〝つまり、この面接は失敗だった〟と理解したわけだ。

楽観論と悲観論の代表選手のような二人だった。

「本日は、正午に例のモノが届くはずですね。あなたたちもなにかとご多忙でしょう、お戻りになって結構です」

「はいっ。では、失礼します」

「……失礼します」

入室時と同様に、ウェンディは元気よく、カレンは静かにジョーカーの部屋を出ていった。

ジョーカーは二人の後ろ姿を見送り、改めて資料に目を落とす。

図書館司書《ししょ》としては、申し分のない履歴《りれき》が並んでいる。だがこの類《たぐい》の資料は、何千枚と見てきた。

「…………………………」

机の引き出しを開ける。そこには、彼の配下にある特定人物たちの資料が揃《そろ》えられている。

ジョーカーは、お気に入りの小説を読むように、資料を眺めた。

実際そこに書かれている彼らの履歴は、そこらの小説より数段面白いのだ。


窓の無い部屋の外は、やはり窓の無い廊下《ろうか》だった。

白い壁で包まれた廊下を、ウェンディとカレンは並んで歩いていた。

どう気を配って歩いても、靴音《くつおと》が高く廊下に響く。吸収物がまるで無いせいで、音が一層強調されている気がした。

「緊張したー、ねっ！」

ウェンディが、靴音も霞《かす》むような声を出した。

「とてもそうは見えなかったけど。いつもと同じだったじゃない」

「うそーん。めっちゃ緊張してた、ちゅーねん」

「……あなた、そういう言い回し、どこで覚えてくるの？」

「ウチの隣にニッポンからの留学生が越してきたの。昨日。オモシロい人だよ」

「影響されやすすぎ」

クールな表情は相変わらずだが、カレンの口は室内の数倍滑《なめ》らかに動いた。語尾も（比較的）年相応な女性のそれに近い。ウェンディが彼女のガードを解《と》いているのは明白だ。

「ねねね、あの面接官の人、どう思った？」

「どうって？」

「ちょっと軽そうだけど、ケッコいい男じゃない？」

「そういう目では、見てなかったから」

「なんでー。採用されたら上司になるんだよ。毎日顔あわせるんだから。そうゆうの、重要じゃない」

女子校気分の抜けないウェンディを、カレンは嘆息《たんそく》気味に見つめた。

「採用されたら、でしょ。よくそんなに楽観的になれるわね。面接、最悪だったじゃない」

「最後の質問のこと？　正解者ほとんどいないって言ってたよ。ならチャラよ、チャラ」

「……時々、あなたみたいになれたらなぁ、って思うコトがある」

「カレンがぁ？　私にぃ？　うそーん」

「……その喋《しゃべ》り方やめて。なんだか、無性に腹が立つのよ」

「なんでやねんな」

微笑《ほほえ》ましいじゃれ合い、と言える。

この親しさは、一朝一夕《いっちょういっせき》で生まれるものではない。

ウェンディは一九歳、カレンは二四歳。姉妹ほどに年齢は離れているが、大英図書館司書として採用されたのは同じく一年前。言わば、同期の友である。

母がインド人、というウェンディはまず、外観で目立った。

次にその中身で目立った。騒々《そうぞう》しかったのだ。図書館に勤める者としては信じられないほどに。

一日に最低でも三回は本の山を崩《くず》した。週に一回は本棚《ほんだな》を倒した。入荷したての本を分類分けする前に陳列《ちんれつ》し、司書全員が館内を走り回って探す羽目になった。

観光客にビートルズの楽譜《がくふ》を〝あげ〟そうになった時、全員の意見が一致した。

「まるで、司書にならないために生まれてきたような娘だ」

年齢のせいもあったろう。飛び級で早々に学業を終えたウェンディは、社会性において成熟とは言い難かった。

そんな彼女に、最初から最後までつきあったのがカレンだった。彼女にしても覚えることは山のようにあったはずだが、閉館後もウェンディにつきあい、トラブルの後始末、書籍《しょせき》入出荷における段取り、蔵書の分類法などを復習した。

ウェンディは飲み込みが早かった。司書としての仕事を正確に把握《はあく》すると、たちまち失敗を帳消しにするほどの有能ぶりを発揮した。

それぞれに一人前の司書となった頃、二人の間には友情じみた連帯感が生まれていたのだ。

カレンにしても、新人らしくない鉄面皮《てつめんぴ》と沈着ぶりで微妙に敬遠されていたので、周囲から見ると〝どっちもどっち〟という印象は拒めなかったが。

ともあれ、勤務期間が一年と少々を過ぎた頃、二人に思いがけない報せが届いた。

特殊工作部が、一人要員を募《つの》っている、というものだった。

特殊工作部は、大英図書館の裏をなす組織である。

その活動には時に非合法なものが含まれるため、公表は控えられている。

大英図書館内においても、彼らへの評価は賛否両論、蛇蝎《だかつ》のごとく嫌う者もいれば、蔵書の充実に彼らの存在は欠かせない、と援護する者もいる。

ウェンディとカレンは、そのどちらでも無かった。

勤務一年では、その活動は漏《も》れ聞く程度にしか把握できなかったのだ。

だが二人は、揃《そろ》ってその要員に志願した。

「……カレンは、なんで志願したの？」

今さらではあるが、ウェンディが尋ねた。一つの席を争うライバル、という感情がどこかにあったのだろうか、その質問を遠慮《えんりよ》していたのだ。

「……特殊工作部は、お給料がいいのよ」

カレンの瞳が、やや冷たい色になった。それで、ウェンディは言葉の裏に潜《ひそ》むものを察した。

「……おばあちゃん？　まだ悪いの？」

「……入院しっぱなし」

カレンは、祖母のシンシアと二人暮らしだった。就職したての頃は、ウェンディもその手料理を味わいによく訪ねたものだ。

だが半年ほど前に、シンシアは倒れ、入院した。両親を早く亡くし、カレンを女手一つで育てあげた疲れが出たのだろうか。

入院は未だ続いている。カレンの経済的負担が増大化しているのには気づいていたが、そこまで深刻とは思えなかった。

「なんで、言ってくれないの！　そういう事情なら、私、今すぐ辞退して」

カレンは表情でウェンディを押しとどめた。

「やめて。そういうのは、嫌いなの」

「嫌いって……」

カレンの目に浮かんだのは、拒絶ではなく意志の色だった。

「気持ちだけは、本当に嬉《うれ》しい。でも、私は私の力で、おばあちゃんを助けたいの。……だって、私のおばあちゃんなんだもの……」

「……………………」

「そんな顔しないで。だいじょうぶ、保険だってあるし、……だいたい、不採用って決まったわけじゃないし……あなた、今から自分のほうが採用って思いこんでるの？」

沈みそうな空気を、浮上させようとする口調だった。不器用な喋《しゃべ》りの中にも、それは伝わってくる。だからウェンディも、いつもの笑顔に戻る。

「そりゃもう。だって私のほうが若いしー」

「別に私だってフケてるワケじゃないじゃない」

「えーっ。カレンフケてるよぉ。最初会った時、ベテランだって思ったもん」

「……悪かったわね。子供の頃からずーっと、そう言われてたのよ」

「ホラその、眉間《みけん》のシワがもうフケてる証拠だって」

からかいつつも、ウェンディの中に悪気はない。

カレンがこんな態度を見せるのは自分だけ、との奇妙な優越感すらあった。

他愛《たわい》のないやりとりが二人の間に戻った頃、白く長い廊下《ろうか》は終点に到達した。

白い壁の上にあるセンサーが、二人を察知してドアを開く。

「うわっ……」

短い感嘆《かんたん》が、目前に現れた空間に吸い込まれていった。

広い円形、高い吹き抜けの空間である。

フロアーはランダムに区切られ、そのブースの中では大勢のスタッフがそれぞれの仕事をこなしている。

古書の真贋《しんがん》判定、主要都市における書店の売り上げチャート解析《かいせき》、内戦が続く国家で創作活動を続ける作家の支援、難民の子供たちへの教育援助計画立案……。

荷台を本棚《ほんだな》に改造したトラックが、その間を行き来し、資料を運んでいる。

大英図書館特殊工作部。

清濁《せいだく》入り混じった熱気が、空気に満ちていた。

「…………………」

ウェンディもカレンも、幾度かここを訪れたことがある。お使い程度の用件だったが。

しかし、近いうちに職場になるかもしれない、と意識して眺めると、また違った感覚がある。大英図書館本館の静謐《せいひつ》さとは正反対だが、決して不快なものではない。

「……行きましょう」

遊園地入口に立った子供のような顔を見せるウェンディを、カレンが引っ張った。

「私たちには私たちの仕事があるでしょ」

「……うん」

ウェンディは、名残惜《なごり》しさを感じつつも、本館との直通トンネルへと向かった。


意外ではあるが、大英図書館の歴史は短い。

創設は一九七二年、三〇年ほどの歴史しかないのだ。

だがそれには説明が必要だろう。

大英図書館はそれまで、大英博物館に併設《へいせつ》されていたのである。

大英博物館は一七五三年、博物学者にして初代館長のハンス・スローン、第一、二代オックスフォード伯《はく》のコレクションにロバート・コットンの蔵書をくわえて設立、以降、世界中のあらゆる場所から文化的に貴重なコレクションが収集された。

二〇〇年にわたる収集活動で増大化した図書館部門は「参考文献、目録などの情報を集中させた研究機関」として博物館から独立、ロンドン大学を挟《はさ》み、およそ一キロほどの距離をおいたセント・パンクラス駅隣に移転した。これが現在、一般的に言うところの〝大英図書館〟だ。

だが特殊工作部は、図書館として独立するずっと前から活動を続けていた。

その場所は博物館敷地内、旧図書館跡地の地下である。

現在はグレート・コートというガラス張りの天井を持つ中庭でカモフラージュされているが、地面の下では依然として合法非合法な計画が進行している。

大英図書館本館とは、地下の直通トンネルにて結ばれているが、当然一般人の知るところではなく、その距離は各スタッフの間にも心理的な影響を与えている。

作業能率上、特殊工作部の移転も案として挙がったが、機関の守秘《しゅひ》性と、物理的な手間、予算面から積極的却下《きやっか》とあいなった。

大英図書館側には特殊工作部を〝変人と悪人の吹き溜まり〟と呼ぶ者がおり、対して特殊工作部にも彼らを〝カタブツの整理屋〟と言う者もいる。

今のウェンディ、カレンとしては、どちらにも味方できない立場だ。


地下トンネルを通り、大英図書館に到着すると、既に開館五分前になっていた。

「遅いぞ！　向こうで稀覯本《きこうぼん》でも眺めてたのか⁉」

男性スタッフの揶揄《やゆ》が飛んできた。こういう仕事でありながら、創造性というものが感じられない。

ウェンディ、カレンは慌《あわ》てて閲覧《えつらん》許可カウンターの中に入った。

「昼前、例のが来るからな。忘れるなよ」

と、スタッフが言い残して台車を本棚《ほんだな》の奥へと押していく。

「はーい」

律儀《りちぎ》にもウェンディは音声で、カレンは小さな頷《うなず》きで答える。

〝例の〟とは、寄贈《きぞう》原稿のことである。

四〇年前に夭折《ようせつ》した作家、クライブ・カッスラーの未発表原稿が先日、発見されたのだ。

当時の社交界の人物を実名で登場させ、幾多のベストセラーを出した彼の作品は、長く軽薄《けいはく》と言われていたが、昨今《さっこん》、その裏に潜《ひそ》んだアイロニカルな視点にスポットが当たり、評価が高まりつつある。

彼自身も数多くの浮き名を流し、かつ家庭というものを持たなかったため、近代の作家にしては珍しくそのプロフィール、過去というものが不鮮明のままである。それが、根強い支持者を牽引《けんいん》しているのだが。

そんなカッスラーが生前、拠点としていたホテルが取り壊された際に、倉庫から出てきたのが今回の原稿である。

『風の止まる庭』と題された中編だが、どうやら滞在中に書き上げ、何らかの事情で発表を控えていたものを、清掃《せいそう》スタッフが隠匿《いんとく》していたらしい。

値上がりを待ったのか、出版関係にコネクションが無かったのかはわからないが、ともあれ原稿は倉庫に延々と置きっぱなしにされ、半世紀を超えて陽の目を見たのである。

親族がいないため、出版権は複数の会社によって競《せ》り落とされ、原稿自体は大英図書館に寄贈されることになった。

大英図書館が保管しているのは書物に限らない。

新聞、切手、サウンドディスク、書類に地図、前述したビートルズの楽譜《がくふ》までもが旺盛《おうせい》な知識欲のもとに集められている。

今回、カッスラーの原稿も討議《とうぎ》のすえに「収集する価値はある」との結論に達し、寄贈を受け入れることが決定した。彼の熱狂的ファンが署名書を送ってきたことも、それなりに効果があったかもしれない。

「カレン、昨日、見てきたんでしょ? どうだった?」

カレンは昨夜、館長ならびにスタッフと同行し、出版社へ出向いていた。寄贈の段取りを打ち合わせるためである。その時に、出版社社長が自慢げに出した原稿の実物を見ているのだ。

「……別に。汚い字だったけど」

手厳しい言葉をさらっと言う。

カッスラーの小説は、その大半が恋愛小説である。故に、読者の大半は女性なのだが、カレンはその射程距離には入らなかったようだ。ウェンディにしても、カレンが恋愛小説を読んでいるところなど見たことがない。

当時と現在の風俗《ふうぞく》が一変しているため、現在ではさすがにその文体もレトロに感じられるが、〝それがまたいい〟というファンは多い。

ちなみにウェンディ自身も、彼の著作は読んだことがない。彼女は『宝島』、『ロビンソン・クルーソー』などの、少年向け小説のほうが好みなのだ。

「……まあ、印刷されたらそんなのわかんないしね。ココに来て、肉筆《にくひつ》見ない限りはイメージも保たれるってもんだ」

ケラケラと笑うウェンディに、開館早々に入館してきた男性客が、怪訝《けげん》な顔を作った。

正午になり、大英図書館は静かなざわめきの中にあった。

本日、寄贈が報されているのは関係者のみである。聞きつけた彼のファンが、盗難などの過激な行動に出ないとも限らないので、極秘に搬入《はんにゅう》されるのだ。

従って、そわそわと目と手を動かしているのは、スタッフである。しかも、年輩の女性が多い。

カッスラーの著作は、版元《はんもと》を変えて出版され続けてきた。刷《す》り部数は減ったが、ある時期のマストアイテムとして、彼女たちも一読したことがあるのだろう。

「交代よ。昼食前に、館長が来いって」

先輩のスタッフに言われて、ウェンディとカレンはカウンターを出た。

一応の稀少品《きしょうひん》とはいえ、別に警戒態勢が執《と》られたわけではない。

昨日の社長と、出版社の社員が数名、護衛を兼ねて同行したぐらいだ。

「もう印刷にかかってます。二週間もすれば、書店で普通に読めますよ」

大金をはたいて、出版権を入手した社長が顔を崩《くず》す。傍《かたわ》らの社員がスーツケースを手にしているが、どうやらその中に原稿があるらしい。

「失礼しまーす」

大英図書館第一会議室に入室したウェンディとカレンは、思いがけない人の多さに軽く驚かされた。

中央に置かれたテーブルで、向かいあうように出版社スタッフと館長が座っている。昼というせいもあってか、時間に余裕のある司書《ししょ》たちが、壁ぎわで興味深そうにやりとりを見ている。

社長はどうやら、この思わぬギャラリーに気をよくし、演説めいたコメントを喋《しゃべ》り続けているらしい。

「まあこれも、文化活動ですから。一応、昨夜ネットで調べたところ、彼の初版本《しょはんぼん》も結構なプレミアになっているようで」

だから感謝しろと言いたげな口調で、延々と喋り続ける。図書館員のみならず、同行した社員さえもが「さっさと用件をすませろ」とのオーラを発していた。

最も至近距離で彼の言葉を聞かされている館長は、数分前は愛想笑いだったものを顔に残していた。今や賞味期限もすっかり切れ、苦笑の苦みすら見てとれるのだが、上機嫌な社長には届かない。

「いやまったく、社長のようなご理解あるお方は、ロンドン中探してもそうはいません。中世から、文化はあなたのような方々に支えられているのです」

ウェンディの隣人が見たら「あらぁ、タイコモチっていうんや」と解説しそうなコメントを述べたのは、館長の隣にいる男だった。

後ろ姿とはいえ、ウェンディとカレンには見覚えがあった。

忘れようはずがない、ジョーカーである。特殊工作部である彼が、館長の横に平然と座っていた。

「如何《いか》なる文化も民間の協力なしで繁栄《はんえい》はありません。社長の滅私《めっし》の精神は、末永くスタッフ一同に語り継がれることでしょう」

おそらくジョーカー自身、今日の夕方には彼の顔すら覚えていないに違いない。社長以外の全員が、それを確信していた。当のジョーカーでさえも。

「……さて、お話はたいへんに有り難いのですが、以降のスケジュールもありますので。そろそろ原稿を頂けると有り難いのですが……」

綿《わた》にくるまれた催促《さいそく》に、さすがに社長も舌を止めた。

「ん？　ああ、そうですな。フロスト君、出してくれたまえ」

控えていた社員が、社長命令に従ってスーツケースをテーブルに置き、蓋《ふた》を開く。

壁際のギャラリーが、一斉に首を伸ばした。

「……ほう、これが」

ケースの中には、荒く重ねられた原稿用紙が鎮座《ちんざ》していた。

幾枚か強《こわ》ばったり、破れたり、インクの染みが点在したりと、著名作家のものでなければただのゴミにしか思えない。もっとも歴史的な貴重品というものは、史学のフィルターを外せば大抵はそんなものだが。

眉《まゆ》を動かしたり、口元を曲げたり、声にこそしないものの、ギャラリーがそれぞれに感想を表現する。

大英図書館にはマグナ・カルタやベーオウルフなど、それこそ歴史上の超貴重文献も所蔵されているのだが、やはり自分たちの原体験に近しいものこそ、直接的な興味をひくらしい。これは知的好奇心とはまた別の類《たぐい》のものだろう。

「いやなるほど。すばらしい、まことに」

わかりやすい賛辞を並べるジョーカーに対し、館長は平然と沈黙を貫《つらぬ》いている。

演技か、プライドによるものか、本心かは判断しづらいが。

「はー……、なんか、フツーの紙束に見えるけど、ねぇ？」

ウェンディの感想に、カレンが困ったような顔を見せる。状況的に、安易な相槌《あいづち》をうつわけにもいかないからだ。

「では、お納めください。英国の文化的発展のために」

大仰《おおぎょう》すぎる理由をつけて、社長は手をさしのべた。素振《そぶ》りまでが芝居がかってきたのは、彼がこのシチュエーションに陶酔《とうすい》している証《あかし》だ。

しかし負けず劣らずの芝居っけで、ジョーカーがその手を止めた。

「その前に。鑑定をさせていただきたく思いますが？」

「鑑定？　鑑定なら、昨日館長さん立ち会いで行いましたが？」

館長が咳払《せきばら》いをした。それなりにジョーカーを注意しているのだろうが、物理的な拒否まではいかないようだ。

「存じております。しかしこう申しては失礼ですが、昨夜のそれとこの原稿が同一のものとは限りませんし、昨夜の鑑定がどう行われたのかも、私は知りません」

快適な温度だった空気は、一気に降下した。

「……うちが、偽物《にせもの》を持ってきた、とおっしゃるので？」

空気に伴い、社長の声も冷えていた。

「いえいえ、とんでもない。ただ、持ってこさせられた、という確率はありますので。念には念を入れて、ですよ」

いまやケースの上には、険悪《けんあく》という蛇がとぐろを巻いていた。

館長は依然沈黙を押し通し、この場の主導権を放棄《ほうき》している。

「いいでしょう！　この原稿は、当時の担当編集者からもロンドン大学からも本物との認定を貰《もら》ってるんだ、ギャラリーの前ではっきりさせてもらおうじゃないですか」

好意的とは思えない態度だが、ジョーカーは一向に怯《ひる》まない。

「ありがとうございます。……ジギーさん」

ジョーカーは、彼の隣でうとうとと眠りかけていた老人に声をかけた。

「うわっ？」

禿《は》げた頭頂、白髪の側頭部。皺《しわ》だらけの白衣を着込んでいた気むずかしそうな老人は、現実に引き戻された驚きの声をあげる。

「寝てたんですか？」

「すまんすまん。このオヤジの話が退屈でな」

当人を前にして、あまりにもストレートすぎる理由を口にする。当然、社長は眉《まゆ》をしかめた。

「昨日も遅く、いや今朝《けさ》早くまで、か。耐熱紙《たいねつし》の実験をしとった。睡眠不足もあるしな」

なんのフォローにもなってない。無論、本人もそのつもりなわけがない。

「こちらは、わが大英図書館全方位鑑定部の特別顧問《こもん》、ジギー・スターダストさんです」

ウェンディとカレンは顔を見合わせた。勤続一年、そんな部署は聞いたことがない。特殊工作部の人間であることは明らかだ。

ジギーは憮然《ぶぜん》とした顔で、ケースを見つめた。白髪《しらが》の眉が上下に動く。

「これか？」

「ええ。鑑定をよろしくお願いします」

「納得いくまで見てもらおうじゃありませんか。……だが、ことによっては寄贈《きぞう》は白紙に戻させてもらいますよ」

イラつきを抑え、指先でテーブルを叩く社長を美しく無視し、ジギーは無造作《むぞうさ》に原稿を摑《つか》んだ。乱暴ともいえる動作に、ギャラリーの何人かが息を呑《の》む。

紙の表面をしげしげと見つめる。束ねてめくり、音を確かめる。鼻を鳴らして、匂《にお》いを嗅《か》ぐ。

「いかがですか？　ガスクロマトグラフィーを使い」

「その必要はない」

ジョーカーの申し出を、うざったそうに遮《さえぎ》る。

束の中から何枚かを抜き出し、ジギーはおもむろに鼻をかんだ。

「!?」

室内が騒然とする。冗談のような行動に、誰もが驚愕《きょうがく》した。

「ニセモンじゃ」

丸めた紙を背後に放る。女性スタッフが、隕石《いんせき》でも落下してきたかのように逃げた。

「ニセモノ!?　そんなバカな!?」

社長が気色《けしき》ばんで立ち上がる。

「紙は製造から一〇年と経っとらん。インクには干積岩《かんせきがん》が含まれておる。これが使用されだしたのは一九六五年、カッスラーの死後じゃ。極めてできの悪い、ニセモノじゃよ」

社長のみならず、館長も唖然《あぜん》とジギーのセリフを聞いていた。

「……言い忘れましたが、彼は戦前から紙の研究を重ねている製紙学者、紙作りのプロフェッショナルです。一枚あればその生産地、製造時期まで言い当てるのが特技でして」

「そんな……ばかな……」

信じられない、という社長の視線が、原稿に落ちる。

「一応、科学判定にも回してみますが……どうやら、日を改めたほうがよさそうですね」

「……そんなバカな！　昨日は確かに本物だった！」

ギャラリーの中から、中年の男が叫んだ。

カレンはすぐに、それが昨日同行したスタッフであると気づいた。

「ふん、紙の表しか見れんヒヨッコが……。おまえになにがわかる」

ぶつぶつとつぶやくジギーの横で、ジョーカーが立ち上がる。

「だった？　過去形ですね。そう、これが本物という確信がない以上、我々は考えなければならない。本物はどこにあるのか？　誰の仕業《しわざ》なのか？　なにが目的なのか？」

アクシデントが発生したというのに、ジョーカーのセリフは弾んでいた。

「……待ってくれ、じゃあこれは、カッスラーの作じゃないのか？」

すがるような視線と声を、社長が向けてくる。彼にとっての最重要事項は、そこなのだ。

「ロンドン大学からの認定文は、私も読みました。文体、作風は確かにカッスラーのものと断定されています。おそらくこの原稿は、本物の模造品《もぞうひん》。ご安心ください、印刷されているのはカッスラーの未発表作品ですよ」

現金に、安心の息をつく。先ほどの文化的演説など、その息で吹き飛んでしまった。

「誰かが交換したんじゃな。素人目《しろうとめ》にはただのゴミじゃ、汚れや折り目、破れの位置など誰も把握《はあく》しとるまい」

「現物の保管写真は？」

社員が、返答する代わりに俯《うつむ》いた。美術品の真贋《しんがん》を見極める時、本物の写真は欠かせない。すぐに引き渡すもの、出版すれば後は用なし、との考えがどこかにあったのだろう。

「カッスラーは熱狂的なファンを持っています、考えられるのはそのファンか、ファンに売買するのが目的の関係者か。いずれにしてもこの原稿の所在を知っていた者が、容疑者候補ですな」

館長が、忌々《いまいま》しげに口を開く。

「……なんにせよ、今日の譲渡《じょうと》は中止ということで……」

重い沈黙が、会議室内にたれこめた。

「ミスター・ジョーカー」

ざわざわと司書《ししょ》たちが部屋を出ていった後、残っていたカレンはおもむろにジョーカーに近づいた。

「カレン？」

その意図が不明なままに、ウェンディも後を追いかける。

脱力した社長を社員たちが担《かつ》ぎ出し、テーブル付近はジョーカー、館長、ジギーしか残っていない。

「やあ、今朝《けさ》の。……カレン君に、ウェンディ君ですね？」

「知り合いか？」

怪訝《けげん》な顔をするジギーに、ジョーカーが答える。

「うちへの転属希望者ですよ。今朝、面接をしたんです」

「ふん……」

上から下まで、じろじろと視線を走らせる。紙の扱いも無造作《むぞうさ》なら、女性への対応もぞんざいらしい。

カレンはそんなジギーを無視し、ジョーカーの前に立った。

「ミスター・ジョーカー。特殊工作部は、原稿の捜索に動くのでしょうか？」

「カレン？」

疑問符をつけて呼んだのは、ウェンディのほうである。冷静な友人が発した、質問の意味がわかりかねたのだ。

「依頼、あるいは要請《ようせい》があれば。館長はあまり乗り気ではないようですが」

「なら、お願いします。私に、捜査させてください」

「え？」

「カレン!?」

唐突な申し出に、ジョーカーとウェンディ、ジギーが彼女を見つめた。

「どんな雇用《こよう》試験も、実践《じっせん》データが一番重視されるはずです。私が本物の原稿を見つけたら、それを判断材料のひとつとして扱ってください」

ジョーカーは無言でカレンを見下ろしている。

「私は本物の原稿を見ています。手がかりのひとつです。……それに、もし失敗したからって、特殊工作部の失敗にはならないでしょう。私が、独自で行動するんですから」

「ふむ」

「カレン……どうしたの？」

カレンが並べる横紙破りの申し出を、ウェンディは意外そのもの、という顔で見ていた。

彼女がこれほど、積極的な態度に出たのは初めてだからだ。

しかしカレンは、ジョーカーだけを見つめている。ウェンディ、ジギーの存在を忘れきったかのように。

「……実に、変則的な提案ですが……」

「よいではないか、やらせてみぃ」

援護の船を出したのは、ジギーだった。

「意欲があるのはよいことだぞ。ただ働きでも、文句が出んしな」

「まあ、確かに……」

「じゃあ！」

ジョーカーは、長い指をカレンの前に立てて、言葉の先を制した。

「ただし、条件があります。この活動を考慮《こうりょ》に入れるなら、ウェンディ君にも参加していただかねば不公平というものです」

「私もっ!?」

当事者の波に呑《の》まれたことを知り、ウェンディが自分を指さす。

「いかにも。加えるなら、あなたが容疑者の一人であることも無視できません」

ジョーカーの切り口は、時に非常に直接的だ。カレンよりもむしろ、ウェンディのほうがその言葉に身を硬くした。

「わかって……います……」

カレンにしてみれば、昨夜同行したことが武器でもあり、枷《かせ》にもなるのだ。

「よろしい。後は、ウェンディ君の意志確認ですね。ウェンディ君」

「は、はいっ」

「これは、大英図書館にも特殊工作部にも関係のない任務です。犯人が誰であれ、ある程度の危険も予測されます。あなたはそれでも、参加しますか?」

「……………」

カレンが、自分を見ていた。口こそ開かないが、その瞳の奥に熱がこもっているのがわかった。

そんなに、特殊工作部に入りたいの?

ウェンディの中で、カレンとシンシアが回った。ジョーカーの口調では、ここで自分が拒絶すれば、この提案自体が拒否される。

「……………」

カレンがこれほどの意志を見せるなら、自分なりに協力したいとも思った。だが、カレンは直接的な援助は決して受け取らないだろう。それは彼女のプライドが許さない。

「……………」

なら、直接的でなければいいのだ。彼女が納得する形。

この事件は、どう考えてもカレンが有利である。現物を見ている。関係者も知っている。なによりウェンディを超える意欲がある。

「わかりました。やります」

「よろしい！　では二人とも、自分なりの捜査にかかってください。いやぁ、これは思いがけない楽しみができました！」

ともすれば、人生の分岐点《ぶんきてん》となりかねない事態に、ジョーカーは笑った。心底楽しそうな笑みがこぼれた。

「おい。二人とも」

ジギーの偏屈《へんくつ》な眉《まゆ》が動いていた。それは決して敵意を含むものではない。

「紙のことで訊《き》きたくなったら、ワシのところへ来い」

「はいっ」

「……失礼、します」

ウェンディとカレンは揃《そろ》って礼をすると、出口へと向かった。

「……まあ、ヒヨッコだが、見込みはある」

「どちらがですか？」

ジギーはいつのまに折っていたのか、小さな紙飛行機を飛ばした。

「……両方だ」

全員が部署に戻ったか、あるいは昼食に出向いたか。

いずれにしても廊下《ろうか》には、誰の影も見えなかった。

「びっくりしたっ、カレン！　あんな行動に出るなんて！」

話しかけるウェンディを、カレンは黙殺《もくさつ》する。並んで歩く歩幅も、歩調も、まるでウェンディを引き離すように大きく、速い。

「……カレン？」

「話しかけないで」

曲がり角で、カレンは立ち止まった。

「……どうしたの？　お昼は？」

「……今日は、いいわ。やることがあるから」

「犯人探し？　なら、私も……」

「悪いけど」

カレンの口調が冷静なのはいつものことだが、今、投じられた声には異質の冷たさがあった。これまでに経験したことのない、冷たさ。

「一人で行動して。……事件解決まで、別行動にしましょう」

「……カレン……」

「勝手な事情で巻き込んで、本当にごめんなさい。でも私には、こうすることが必要なのよ」

「……わかってるよ。おばあちゃんの、ためでしょ？　だから協力するって。犯人探しは、カレンにまかせるから。なら、一緒にいても……」

その瞬間、空気が割れたような気がした。二人の間にあったものに、亀裂《きれつ》が入ったような気がした。カレンは沈んだ目で、ウェンディを見つめていた。

「どうしたの？」

「ウェンディ。あなたに〝まかせられ〟なくても、私は犯人を見つけるわ。……あなたのそれは、優しさじゃない」

壊れたものが、廊下《ろうか》に転がっていた。

カレンはそれを踏みつけて、廊下の奥に消えていった。

「ウェンディ……私はもう、犯人がわかっているの」

一人残ったウェンディは、ただその場に立ちつくしていた。

カレンは、その日の午後から姿を消した。

臨時休暇《きゅうか》を取ったのだ。

その行動力にウェンディは驚かされ、そして少々立腹《りっぷく》した。彼女の行動が自分勝手に思えた。彼女が特殊工作部に入りたいのは知っている、自分はそれに協力しようと言っている。なのになぜ、あのような態度を取るのか。

苛立《いらだ》ちの雫《しずく》は不可解の波紋《はもん》を作り、やがて嘆息《たんそく》の湖に消えていった。

人目をひく外観と年齢のせいで、ウェンディは友人を作るのに多大な努力を強《し》いられてきた。母の国、インドには五歳までいたが、英国に来てからがまた大変だった。

インド人は〃裏表が一緒になっている〃人種だ。常に本心を隠すことなく人に接する。従って行動、言動は時に不可解、苛烈と取られる場合もあるが、よくも悪くも陰湿さは無い。

英国人は二面性の権化《ごんげ》だ。本心は決して見せない。理知的な仮面の下には、極めて人間くさい衝動が潜《ひそ》んでいる。

この二つは微妙に異なる。

ウェンディは、その差異に悩んできた。他人を理解したつもりでも、当人の底にはまだ自分の知らない本性が潜んでいる。

カレンは数少ない、真に理解できた友人だと思った。年長でもフランクな言葉で話しているのは、その証《あかし》のつもりだった。

それがこうもあっけなく、彼女は変わってしまった。

気持ちはわかる。肉親がからんだ事情なのだから。

だが、だがそれでも。

結局、彼女は自分に、心の底を見せてくれなかった、との落胆《らくたん》がある。どれだけ仲良くなっても、あの振る舞いは英国人のそれを越えていなかったのだ。

「あーあぁ……」

ウェンディは机の上に顔を突っ伏した。

目が覚めると、もう夜だった。

「……おらぁ?」

独特な寝起きの声を出し、館内を見回す。人影は、もう見あたらなかった。

腕時計の針は午後九時を指している。本日は火曜日、通常六時の閉館は八時まで延長されている。

しかしそれにしても、閉館後一時間が過ぎているのだ。

誰かが起こしてくれてもよさそうなものだがと思い、起こしてくれるような知人はいないのだ、と気づく。カレン以外には。

そう、注意してくれる者さえいないのだ。

ウェンディが特殊工作部志望ということは、もう館内に知れ渡っている。彼女らをよく思わない者たちが、嫌がらせに放っておいたのかもしれない。

ウェンディは、ここである予測にたどりついた。もしカレンが採用されたら、大英図書館に残る自分は、ずっとこんな日々を過ごすことになるのではないか。

「…………」

ウェンディは、カウンターを出た。

……とにかく、後始末をして帰ろう。帰って、考えよう。自分のアパートなら、……たとえ泣いても、誰にも見られずにすむ。

小走りになりそうな足で、閲覧《えつらん》用ブースの間を通った時、彼女を見つけた。

「？」


コートに黒髪の女だった。

机の上に大きな本を広げ、顔を乗っけている。

最初、本に突っ伏しているのかと思ったがそうではない。紙面に触れんばかりに顔を近づけて読んでいるのだ。

時折髪の間から、黒ブチのメガネが覗《のぞ》く。

閉館時間をとうに過ぎていることにも気づいてない、熱中ぶりだった。

他のスタッフは注意しなかったのだろうか？　あるいはウェンディに押しつけようとしたのだろうか？

ともあれウェンディは、彼女に近づいていった。

「……おそれいります、閉館時刻を過ぎておりますので、本日は……」

背後から声をかけたが、女は振り向こうともせず、本に没頭《ぼっとう》し続けている。

ウェンディはそこで、女の着ているコートに気づいた。大英図書館の支給品だ。とすれば、彼女は司書《ししょ》の一人なのだろうか？

「あのですね、もう閉館時間は過ぎてますよ」

自分のことはとりあえず脇におき、ウェンディは多少声に力をこめた。

「…………………」

しかし女は、一向に反応を見せない。ウェンディの中で、苛立《いらだ》ちが増幅《ぞうふく》された。今日あったことの反動が、胃の底からこみあげてきた。

「聞こえないんですかっ！」

肩に手を当て、とにかく机からひっぺがそうとする。

「！」

女が反応した。それは、予想外の反応だった。

女はウェンディが引くよりも速く身を反転させ、ウェンディの喉《のど》に手を突きつけた。

不意をつかれた殺し屋のような態度だった。

ウェンディは、首の皮にナイフのような薄い感触を感じた。

「…………………」

驚きに、目を丸くしていた。その目には、女の顔が映っていた。

メガネに反射した光から、冷酷《れいこく》な印象を受けた。肌は東洋人のそれ、手入れも粗雑《そざつ》な髪。人生初めての、本物の恐怖を感じる。

ウェンディの喉《のど》が、飲み込んだ唾《つば》で上下した。

「…………………あっ」

しかし、その場の緊張を解《と》いたのは、女のほうだった。

「……すっ、すいませんっ！」

引いた手、その指の間で紙がへらりと曲がった。喉に当たっていたのは、紙だったのだ。

「…………………」

「あのちょっと、私、びっくりしちゃって！　本に夢中だったんで、すいませんっ！」

あたふたと手を振る。メガネのレンズは光を失い、大きな丸い瞳を覗《のぞ》かせた。

女のオーバーな動きで、コートから何枚かの紙がひらひら落ちていった。

だがウェンディは、そんなことに注意を払っていられなかった。

全身から緊張が抜け、衝動が入り込んできた。

それは涙腺《るいせん》を刺激し、彼女に涙の雫《しずく》を流させた。

「うっ……うわっ……」

「……え？」

「……うわっ、うわぁぁん……」

泣き始めたウェンディに、女の焦《あせ》りが一層大きくなった。

「あのっ！　私、そんなにコワい目にあわせちゃいましたかっ⁉　ごめんなさい、ごめんなさいっ！」


幾度も頭を下げる女の前で、ウェンディは床に腰を落とし、泣き続けた。

その理由が恐怖でないことを、彼女は知っていた。


ロンドンとはいえ、夜は静かで、暗い。

市民は早々に家にたどりつき、歩いているのはスポットを探す観光客か、それを相手にする商売人ぐらいだ。

ウェンディは、通りをとぼとぼと歩いている。

その横には、なぜかあの女が並んでいた。

「はー……そうなんですかぁ……」

あの後、泣き続けるウェンディの前で、ひたすら女は謝《あやま》った。

どうにか気分も落ち着いた時、女は彼女の前で〝ドゲザ〟までしていた。

今度はウェンディが慌《あわ》てる番だった。驚かされたにしろ、彼女が涙を流した真の理由は、別のところにあるのだから。

そこへ警備員がやって来た。ウェンディはとにかく、女を立たせて裏口から外へと出たのである。

その段階になっても謝り続ける女に、歩きながら事情を説明した。

特殊工作部のことは言えないので、適当に部署の名前を変えて話した。

初対面であり、どこか得体のしれない雰囲気《ふんいき》を持つ女ではあったが、悪人の印象は無かった。

それに、胸のうちに溜まったものを、誰かに聞いてほしかったのである。

女はどうやら、日本から来た観光客のようだった。

大英図書館のコートは、〝貰《もら》い物〟だと語った。その辺り、気になることもあったが、当面ウェンディは、自分の事情を話すほうに熱中した。

「……私、彼女がそう望むんなら、辞退してもいいと思ってる。協力したいの。だって友だちだし、彼女には理由があるし……」

「あなたには、理由が無いんですか？」

ふと、ウェンディの足が止まった。

「私の、理由？」

女も、足を止めた。

「はい。どうして、その部署に入りたいと思ったんですか？」

ウェンディは考えた。何の気なしに。カレンが受けるから。大英図書館が窮屈《きゅうくつ》だから。

「……どれも、たいした理由なんかじゃないもの」

「でも、あるんでしょ？」

「そんなの、カレンに比べたら……！」

「比べることなんて、ないんですよ」

女の言葉は静かだが、ウェンディを穏やかに抑えた。

「人はみんな、自分の理由を抱えています。それが大切かどうかなんて、自分で判断するしかないんじゃないでしょうか。カレンさんの理由は、カレンさんだけのものです。それが、彼女にとって大切だからこそ、自分で努力したいんじゃないでしょうか」

「……………」

黙りこむウェンディに、女は続けた。

「あの、食事で好きなオカズって、最後に残しとくじゃないですか。だからこそ、最後の一口が美味《おい》しいっていう」

「……よくわかんない」

「そ、そうですね。ちょっと喩《たと》えが違いますね。……自転車って、補助輪《ほじょりん》がついてても走れるけど、やっぱり転びながらでも、一人で走れたほうが嬉《うれ》しいって、そんな感じかな……」

「……微妙に、違う気がする」

「すいません、たとえ話が苦手なもので……」

女は困ったように頭をかいた。

「あの、つまりですね。……カレンさんも、あなたがそんなふうに遠慮《えんりょ》すると、かえって、どうしていいかわからなくなるんじゃないでしょうか」

……そうは考えなかった。だが確かに、自分の心遣いが枷《かせ》になることもあるかもしれない。

鉄面皮《てつめんぴ》だが、カレンは優しい女性なのだ。失敗ばかりの自分につきあってくれたのが、その証《あかし》だ。

「……それに、どちらがその部署に配属されるにしろ、決断を預けるのはやめたほうがいいと思います。……自分で決断しないと、結果に後悔すらできませんもの」

女の目が少し暗くなった気がしたが、それは夜のせいだと思いなおした。

「……うん。そうだね、ありがと。参考にする」

不可解な女の言葉に、ウェンディの心は少し浮上していた。

再度歩き出し、女が続く。

「でもなんだか、先生みたいな喋《しゃべ》り方するんだね」

「はぁ。一応、教員免状も持ってますから……」

「じゃっ、先生なの？」

「非常勤ですが。……でも、しばらく仕事を休んでたんで、……そろそろまた、始めようかなあって……」

「ふーん……大変なんだね」

「大変なんです……」

奇妙な女だった。図書館で見せた鋭さが、今はどこにも見あたらない。

だがあれが、本性とも思えない。

彼女にも、人に見せない裏の顔があるのだろうか？

二人は、大英博物館の前にさしかかった。

「じゃあ私、ここに用がありますから」

女は博物館を指さした。大英博物館の閉館は午後五時である。もちろん、とっくに過ぎている。

「へ？　もう閉まってるよ」

「はい。でも、用があるんです」

不可解な女は、不可解なことを口にした。もう少し話してみたかったが、時間ももう遅い。

ウェンディは、ここで別れることにした。

「まあいいけど……じゃあ、気をつけてね」

「ありがとうございます」

女はぺこっと頭を下げ、博物館に向かっていく。

「……ねぇ！」

「はい？」

その質問がなぜ出たのかは、ウェンディ自身にもわからない。ただ、この風変わりな女の中を、試してみたかったのかもしれない。

「川にいってー、人と大切な本が溺《おぼ》れてたらー、あなたどっちを助ける?」

女は一瞬の迷いもおかず、即答した。

「両方助けます!」

「! そんな余裕ないんだよー、どうする⁉」

「それでも、なんとか両方助けます!」

女は笑って、柱の陰に消えた。

ウェンディは慌《あわ》てて駆け寄り、その陰を覗《のぞ》き込んだが、そこには幾枚かの紙が落ちているだけだった。

「…………………」

空には、満月が輝いている。

ウェンディは、おとぎ話を読んでいるような気分だった。

月下《げっか》、帰り道に戻る。足取りは、軽かった。

翌朝からウェンディは、活動を開始した。

休暇願《きゅうかねが》いを出したが、結局そのまま大英図書館をうろつくことになる。

「とにかくっ、事件のことを知らないと」

一昨日、出版社に出向いた館長とスタッフに、面会を申し込む。

だが、彼らは皆非協力的だった。多忙を理由に面会を断ったり、会っても廊下《ろうか》を歩きながら三分だけ、と限定したり。

当然といえば当然である。

自分たちが疑われ、それを館内のはみだしっ子が嗅《か》ぎまわってきたとしては、友好的な気分になろうはずがない。

「特殊工作部の手先になるのは、まだ早いんじゃないかね？」

と、館長は苦々しく言った。

「手先じゃありません。独自の調査ですっ。それに、寄贈《きぞう》される原稿が無くなったんですよ、館長は心配じゃないんですか？」

「私たちの仕事は、蔵書の管理、運営だ。そういうのは特殊工作部の仕事だよ。寄贈された後、ならともかく」

館長自身は、カッスラーの原稿寄贈反対派の一人だった。「文化的資産としての価値は疑わしい」というのがその見解だ。

「正直、警察ごっこはほどほどにして、業務に戻ってほしいもんだ。トーペッド君にも、な」

そういえば、今日もカレンの姿は見ていない。

「カレンは!?　どこにいるんですか!?」

「知らんよ。出版社にでも出向いてるんじゃないか」

結局ウェンディの内部捜査は、同僚《どうりょう》、上司との関係を悪化させただけで終わったのだ。


昨日の社長と、社員が目の前に座っていた。

昨日は壁ぎわから距離をおいていたが、至近距離で見るとその暑苦しいエネルギーが直《じか》に伝わってくる。

出版社の会議室で、ウェンディは事情を聞いていた。

「大英図書館から来ました」と、事実を曖昧《あいまい》にして面会を取り付けたのである。

「まあ私たちとしても。被害を被《こうむ》っているわけですから」

社長の言葉には、どこか深刻さが感じられない。出版社としては、どのみち本は出るのだから実被害は少ないのだろう。

存命《ぞんめい》の作家なら、原稿を紛失したとなれば賠償《ばいしょう》問題に発展するだろうが、カッスラーは既に死んでいる。遺族もいない。最悪このまま見つからなくても、本が売れれば被害は十分に補塡《ほてん》できる。

「警察にはもう、届けたんですか？」

「もちろん。昨日のうちにこの部屋から指紋《しもん》を取り、全員のアリバイを聞いていきましたよ」

社長の替わりに答えたのは、スーツケースを持っていた社員だ。上司に比べるとまだ、責任感があるようだ。

おそらく大英図書館のスタッフにも、同様に聞き込みがあったのだろう。昨日、ウェンディが寝ている間かもしれないが。

「うちとしても、本物だと信じきってましたから。それはだって、そちらの鑑定《かんてい》をいただいたわけですから、ねぇ」

皮肉もこめてか、大英図書館の鑑定書を見せる。

確かに本物、との認定印と署名、データが書かれている。

ウェンディは目を通したが、正直まったくわからない。

「……あの、これ、コピーさせてもらえますか？」


「なんだ、もう来たのか」

「自分が来い、って言ったじゃないですか」

ウェンディの反論に、ジギーは眉《まゆ》を動かした。

特殊工作部の奥まった位置にある、製紙研究ブース。巨大なパルプに薬品調合機、コンベアーに電子顕微鏡《けんびきょう》、コンピュータ。

どう見ても怪しい科学者の実験室だ。そしてこの部署を統括《とうかつ》するジギーもまた、それを彷彿《ほうふつ》とさせる白衣を着込んでいる。

「博士、ハイパーアラクド紙のテストパターンができました」

助手らしき白衣の男が、脇からジギーに紙を渡す。

「おう、どれどれ」

ジギーは紙に顔を近づけ、表面を睨《にら》みつける。

男が、ウェンディの存在に気づいて話しかけてきた。

「見ない顔だね。新人さん？」

「いっ、いえ、あの……」

「まだ決まったわけじゃない。審議中じゃい」

紙を眺めたまま、ジギーが答える。

「そっかぁ。ヤメといたほうがいいよ、ホント。特殊工作部《こんなトコ》入った日には、お日様は見れないし、泊まり込みは多いし、人使いは荒いし、人生を奪われちゃうよ、マジ」

そう言いながらも、顔は笑っている。まるで仕事を楽しんでいるように。

「おまえの人生なんて、ここ以外のどこで使えるものか。……ダメじゃい！　強度がまるで足りん！　分子構成からやりなおしじゃ！」

「マジっすかー！　まぁた今夜も帰れない……」

「〝ザ・ペーパー〟が戻ってくるというのに、こんな紙が渡せるか！」

「わーかりましたー……ほんと、ヤメたほーがいいよぉー……」

男はヒラヒラと手を振り、ブースの奥へと消えていった。

「…………………」

ウェンディは、微笑を浮かべながらそんなやり取りを見ていた。

「なんじゃ、気色《きしょく》の悪い」

「あ、いいえ。……楽しそうだなって、思って」

「楽しいわけがなかろうが。……まあ、やりがいぐらいはやってもよいが」

「やりがい、ですか？」

「おうよ」

ジギーはパイプ椅子《いす》を引き寄せ、腰を降ろした。

「仕事は仕事じゃ。しかし、それだけでは人間は続けられん。そこに意味を見出《みいだ》さなければ、どうしても能率が落ちる。意欲もなくなる。……じゃから、やりがいが必要なのよ」

机の上の紙を、一枚取る。

「例えばこれよ。紙の誕生《たんじょう》は紀元前二〇〇〇年。もう四〇〇〇年も人類の中に溶け込んでおる。情報の伝達手段において、これに勝るものは未だ無い。これからも永劫《えいごう》に無い、とわしは思う。ならば、歴史上最も優れた紙、というものは作れるか？　耐火、耐水、耐風化、衝撃にも破損せん、なおかつ美しい……それを産み出すのが、例えばの生き甲斐《がい》よ。人生五〇年を費《つい》やしても、後悔せんほどのな」

とつとつと語るジギーには、先日の不作法《ぶさほう》など片鱗《へんりん》もなかった。

「……で、なにを聞きに来た」

「あ、はい。これ、出版社から貰《もら》ってきた鑑定書《かんていしょ》なんですが……」

ウェンディは、コピーをジギーに渡した。一瞬で、ジギーはそこにある数値を見てとる。

「そこにある数値って、どうなんでしょうか？」

「……本物じゃな。四〇年前なら、ペーハー値《ち》もこんなものじゃろう」

「ということは、鑑定をした段階では、原稿は本物だったわけですね。すり替えるとしたら、その後……」

「当然、そうなるな」

「一番チャンスがあるのは、やっぱり出版社の人なんです。管理も結構ずさんだったっていうし、持ち出すチャンスはいくらでも……」

ジギーはコピーを机に置き、ウェンディを睨《にら》みすえた。

「娘よ。安易な推測は、事実を曇らせるぞ。……本がらみの犯罪解決には、コツがある。なぜ、その本が狙われたのか？　それを理解することが、第一歩じゃ」

「……それはだって、生原稿《なまげんこう》だし、貴重だからじゃないですか？　プレミアついてるっていうし」

「それだけか？　もっとよく考え、調べてみぃ。人を刺したナイフは黙ったままじゃが、本は雄弁に語ってくれるぞ」

ジギーは、いつのまに引き上げていたのか、昨日社長たちが持ち込んだ偽《にせ》原稿をウェンディに渡した。

「……いいんですか？　これ、警察に届けなくても？」

「連中には、ワシのハナミズつきを渡しておいた。おまえもそっちのほうがいいか？」

ウェンディは、ぶるぶると顔を振った。


大英図書館の閲覧室《えつらんしつ》。ウェンディは、昨夜、妙な女が座っていた席にいる。ただでさえ恋愛小説には興味がないのに、途中から読んでおもしろいわけがない。何度か話の筋を見失いそうになる。

「……カレン、なにやってんだろ」

犯人がわかっている、と断言したわりには、彼女は姿を見せない。手柄《てがら》を焦《あせ》って、返り討《う》ちにあったのでは？　と心配になる。

自分たちは探偵でも刑事でもない、ただの司書《ししょ》なのだ。

心を乱しながらも、ウェンディは原稿を読みすすめていった。カレンの言ったとおりヘタな字で、それがまた、読みづらさに拍車《はくしゃ》をかける。

お話は、社交界の遊び人が不倫《ふりん》を犯し、危機に陥《おちい》るというものだ。カッスラー自身がモデルとするなら、同情する理由などこれっぽっちもない。

主人公は相手亭主の雇《やと》った殺し屋に追われ、ロンドン郊外へと逃げる。

そこで一軒の農家に飛び込み……。

ページをめくるウェンディの手が止まった。

「…………………！」

勢いよく立ち上がったせいで、椅子《いす》が盛大な音をたてた。たちまち周囲の視線が集まるが、ウェンディはそれに気づかず、閲覧《えつらん》希望カウンターに向かった。

「雑誌！　四〇年前の雑誌見せて！」

その剣幕に、顔見知りの先輩司書が後ずさりした。


ロンドン郊外にある、とある病院。

その一室で、一つの命が消えようとしていた。

部屋番号を教わったウェンディは、受付婦の深刻な顔を見て、気持ちを重くした。

廊下《ろうか》を歩いていると、かすかな声が聞こえてきた。

「……そこは奇妙に静かだった。風さえもが静寂に遠慮《えんりょ》して、足並みを落としているかのように」

廊下《ろうか》に立ちつくす病人は、その声を聞いているのだとウェンディは気づいた。

声は静かに、穏やかに、しかし力強く、病室の外まで流れていた。

ウェンディは、病室の前に立った。ドアは開け放されていた。

ベッドに、変わり果てたシンシアが寝ていた。

起こされた上体には、酸素吸入マスク、心電計、点滴、何本もの医療器具が繫《つな》がれている。

周囲は、医者と看護婦が取り囲んでいる。

髪が抜け落ち、やせ衰えた姿。アップルパイを、クッキーをくれたシンシアは、今死の目前に立っていた。

その傍《かたわ》らに、カレンがいた。

「私は待った。彼女が家から出てくるのを。彼女が私を許してくれるのを。私にはもう、待つことしかできないのだ」

カレンの手には、原稿があった。無論、カッスラーのものである。

カレンが、ウェンディに気づいた。

「…………お願い、あと一分だけ待って」

ウェンディは頷《うなず》き、入口の脇に隠れた。それは、ウェンディにとっても救いだった。

シンシアの姿を見るには、自分には勇気が無さすぎた。

カレンはシンシアに向き直り、最後の文節を読み上げていった。

「……静寂をかき回す音がした。扉が開き、背後から草を踏む音がした。美しい音だ。どんな貴族の婦人も、こんな音は出せない。私は振り向いて言った」

カレンは息を吸い、吐いた。

「ただいま、シンシア」

同時に、心音《しんおん》反応が変わった。長い音が、途切れることなく部屋を埋めていく。

医師が、カレンに告げた。

「ご臨終《りんじゅう》です」

「…………………」

カレンは、シーツの上に原稿を置いた。

そして、祖母の瞼《まぶた》を閉じてやり、静かに泣き始めた。

屋上から見る雲は、緩《ゆる》やかな風に乗って流れていく。

ウェンディとカレンは、それを見上げていた。

「……おばあちゃん、もう行っちゃったかな？」

カレンの言葉が、静かに響いた。

「末期だったの……もう、本当に猶予《ゆうよ》がないって。出版まで、待てなかった」

「……カッスラーの、ファンだったの？」

カレンは首を横に振る。

「ずーっと昔、恋人だったって……信じられる？　そんなこと、一言も言ったことないのよ。……私だって、大事にしまってた、彼からの手紙を見るまでは信じられなかった」

「それで、筆致《ひっち》とかも」

「ええ。さすがに自分じゃできないから、贋作《がんさく》屋さんに頼んだけど。本の修繕《しゅうぜん》会社から、紹介してもらって」

「全然、気づかなかった……」

「教えたら、共犯者になっちゃうじゃないの」

目の下を赤くして、カレンが笑った。

「大変だったのは内容。五〇ページぶんは雑誌に〝予告編〟として掲載されたけど、あとは見当もつかないし」

「じゃあ、自分で書いたの⁉」

「なんとかね。もちろん、本物とは大違いだけど、どうせ警察しか読まないだろうって思ったから」

「私、読んだよ！　途中までだけど。すっごい、ロマンチックだった」

「……やめて。言わないで。小説なんて書いたの、初めてなんだから」

「なんでぇ？　カレン、才能あるよ！　カッスラーがお祖父《じい》ちゃんだもん！」

「……ひどいお祖父ちゃんよ。おばあちゃんをずっと一人にしといて」

ウェンディが、雲を見る。その向こうに、シンシアが見えるかのように。

「でも、おばあちゃんは好きだったんだよね。ずーっと」

「……………バカよね。痛み止めうったら、意識がとんじゃうって、ガマンして、私が読むのをじーっと聞いてたのよ。身体中、痛いはずなのに。それでも笑って逝《い》っちゃった……」

「そりゃ笑うよ。ハッピーエンドだもん。小説も、人生も」

「…………………」

カレンは、手にしていた原稿を、ウェンディに差し出す。

「そろそろ、連絡しよう。事件解決、犯人逮捕《たいほ》って」

途端に、ウェンディの顔が曇る。

「カレン、私……」

「ダメ。……これは、あなたのお手柄《てがら》だもの。正直、バレると思わなかったし。私のやったことは、どう考えても犯罪だもの。そこから逃げようなんて気はないわ」

ウェンディは、原稿を受け取った。

「あー、……さっぱりした……」

カレンが肩を落とし、微笑する。今までに見たことのない、輝くような微笑だった。

ウェンディはその時、自分が彼女の心を見たと実感した。

「ありがとう、ウェンディ。あなたと友だちで、よかったわ」


「全てのものは、二面性を持っている」

冷静沈着なカレンの裏には、罪をも辞さない祖母への情愛が隠れていた。

記録には決して残らない、彼女の理由。

それを窺《うかが》い知ったのは、ウェンディ・イアハート一人だけだった。

だがカレン・トーペッドにとっては。

それでまさに、十分だったのだ。


「……まあ、自首してきたわけですから。きわめて重罪ということではありません」

ジョーカーは、入室してきたウェンディに言った。

三日前、この部屋で面接を受けた時は、三人が室内にいた。

それが今は、二人になっている。

「大英図書館への復職は無理でしょうが、生きる道は別に一つではありません」

ウェンディは、椅子《いす》に座って話を聞いている。

「さて。そこでですが。ウェンディ・イアハート君。私は、いま一度君の意志を確かめたい。特殊工作部への参加を希望しますか?」

ウェンディはまっすぐにジョーカーを見つめ、答えた。

「はいっ」

「それは、カレン君のぶんまでがんばる、とかそういう類《たぐい》の理由ですか？」

「いいえっ。私は、私のやりがいを、特殊工作部で見つけたいと思います」

「見つかるとは限りませんよ」

「それでも、見つけますっ！」

大きな声に、ジョーカーは目を丸くした。

「……結構。今回の一件で、あなたの活動はたいへん積極的で、興味深いものでした。無事、カッスラーの原稿も寄贈《きぞう》されましたし」

ジョーカーはちら、と机の書類に目をやる。そこには、ジギーの推薦文《すいせんぶん》があるのだが、ウェンディは気づかない。

「ウェンディ・イアハート君。君を大英図書館特殊工作部スタッフ見習いとして、歓迎します」

「見習い……ですか？」

「不服ですか？」

「い、いいえっ」

「よろしい。まあ、これからどうなるかは、あなた次第ですよ」

「はいっ、がんばりますっ！」

ウェンディは立ち上がり、ジョーカーに礼をした。

「大英図書館本館から荷物をまとめ、こちらに運んでください」

廊下《ろうか》に出向く彼女に、ジョーカーが声を飛ばした。

「はいっ、失礼しまーす！」

退出を見届け、ジョーカーは、ウェンディの資料を机の引き出しにそっとしまった。


ウェンディは、廊下を一人歩き出した。

その横には誰もいない。だが、心の中にはずっと、彼女の居場所がある。

新しい職場、新しい出会い。

ウェンディの中で、沸々《ふつふつ》とわき上がるものがあった。

それは身体を昇り、ドアを開けた瞬間に口から飛び出した。

「ウェンディ・イアハートです！　みなさん、よろしく！」

特殊工作部スタッフの全員が、その大声に振り向いた。

第二章 『菫川ねねねの場合』

東京、新宿《しんじゅく》。

駅からほど近い場所にある複合型ショッピングスポット、〝クロノポリス〟。

老舗《しにせ》の百貨店を中心に海外資本のCDショップ、ファッションブランド、海外雑貨のテナントが数多くひしめく、新宿の新名所である。

駅の南口から入口が直結しているため、客足が途絶えることはない。

午後になると、代々木《よよぎ》の駅からも、学生客がおしよせる。

老若男女《ろうにゃくなんにょ》、あらゆる層の購買者が、ビルの間に架けられた連絡通路を慌《あわ》ただしく行き交っている。

そのうちの何割かが、大型書店〝大國屋《だいこくや》書店〟を訪れた。

そのうちの何割かが、入口に貼ってある『今月の催《もよお》し』に目を留めた。

そのうちの何割かが、そこで見たものを知人に話し、ネットに書きこみ、携帯で連絡した。

そして、その情報は一部だが、熱狂的に語られることとなったのである。

「菫川《すみれがわ》ねねねが、サイン会をする！」

「どーゆーシンキョーの変化？　センセ？」

都立垣根坂《かきねざか》高校、その校門に通じる坂道を下ったところにある喫茶店、『オルカ』。シャチを偏愛《へんあい》するマスターの趣味で、店内のいたるところにパネル、マスコット、スナップがディスプレイされている。

最初訪れた時はうっ、と構えたものだが、何度か回数を重ねると不思議に慣れてしまった。休学以来、久しぶりにねねねは、店のテーブルについている。

目の前には、これまた久しぶりの元クラスメイト、河原崎《かわらざき》のりと三島晴美《みしまはるみ》が座っていた。

アイスコーヒーをストローで一口吸って、質問を発したのがのり。メガネにおさげという外見が文系少女の印象を与えるが、ラクロスでは都内でも十指《じっし》に入るという実力の持ち主だ。

「やっぱあれ？　ジョシコーセーサッカで芸能界デビュー？」

その横で、この店オリジナルのマリンアイスを嬉《うれ》しそうにスプーンでつついているのが晴美である。ショートカットの彼女は見るからに活発そうだが、本人は芸術系方面を志望し、美大を目指している。

「そんなん、芸能界でなにするの？」

「さあ？　でもサッカって、テレビよく出てんじゃん。ワイドショーとかでコメント言ったり、クイズで解答したり」

「すっごい出てる人いるよね。あれ、いつ小説書いてんのかなぁ？」

「書かなくていいんだって。一回書いたらサッカなんだから」

「なにそれ。ごはん食べられないじゃん」

「だから、テレビでおカネ稼《かせ》ぐんじゃん」

「なるほど。理屈はあってんね」

目前で繰り広げられる偏見《へんけん》な会話を、ねねねは冷たい顔で聞いていた。

「……あってねーって。それにあたしは芸能界に行く気なんてねーんだから」

ホットレモンティーを、ティースプーンでくるくるとかきまぜる。

九月初めとはいえ、まだまだ外は夏の暑気《しょき》と変わらない。

それでもねねねがホットレモンティーを頼んだのは、店の冷房で冷やされたせいだ。

彼女は、二人が学校を出て店に来るまで小一時間待っていたのである。

「じゃどーすんの、菫川、ガッコ戻ってくんの？」

「まだまだ。やることいっぱいあんだから」

「もう出席ヤバいよ。今から戻っても留年じゃない？」

「いいって別に。このままガッコやめても」

「だって、そしたらぷーじゃん。どっかで働くの？」

のりの質問に、ねねねは脱力しそうになる。

「……あたし、今も一応働いてるんだけど」

「あー、そっかぁ。どうもなんか菫川って、小説家ってイメージじゃないから。ほら、教科書とかのと全然違うじゃん。イブセマスジとか」

「あんたそれ、漢字で書ける？　あたしダメ。ムシャノコージサネアツもダメ」

「サッカって、名前ヘンだよね。フツークラスにいないよ。ソーセキなんて」

「じゃ、菫川はそこクリアーしてるね。あたし初めて見た時、ギャグかと思ったもん。〝ねねね〟って」

「そんなん、漢字でどう書く？　って思ったよね」

「人の名前なんてほっとけっ」

会話というよりイメージの羅列《られつ》に近いお喋《しゃべ》りに、ねねねはついていくのがやっとである。

「だって、サイン会で書くんでしょ？　ウシロに『菫川ねねね先生サイン会』とか」

「うわ、笑える。あたし絶対カメラ持ってこ」

悪意は無いのである。むしろこの二人は、元クラスメイトの中でも仲がいいほうだ。

読子《よみこ》を追って休学した後、学校との関わりはほとんど無くなった。通っていた時も締め切りや取材で、授業もよく休んでいたので、当然といえば当然なのだが。

そんな中でこの二人だけが、時折電話をよこしてきた。

ねねねがいなくなって寂しがってる男子がいるとか、今さらサインを欲しがってる後輩がいるとか、大抵は他愛《たわい》のない無駄話だったが、そんな話が楽しい時もあった。

今日にしても、サイン会の噂《うわさ》を聞きつけた晴美から「久しぶりに会わない?」と誘い出されたのである。

学校のすぐ近くというのもどうかと思ったが、妙な懐《なつ》かしさも感じられた。

「来なくていーよ。別に。恥ずかしい」

「だよねぇ。ずーっと言ってたのにねぇ」

「ね、で、なんでやるの? なんか理由あるの?」

ねねねはこれまでサイン会などのイベントをしたことがない。

一三歳のデビュー以来、そういった話は何度もあった。

しかし、自分から断り続けてきたのである。

「サインなんてただの名前。作品に興味を持つのはいいけど、その作者の名前をどうして欲しがるのか、理解できない」

というのが、彼女の持論だった。

更に加えて、作品世界が独自の引力を発しているのか、〝女子高生作家〟という肩書きがアピールするのか、ねねねには特殊なファンも多かった。

ストーカー、偏執《へんしつ》的な手紙、怪文書に言われのないデマに妄想癖《もうそうへき》の塊《かたまり》……。およそ人気作家の受けるあらゆる迷惑を、彼女は被《こうむ》ってきた。

この春には、誘拐《ゆうかい》までされたのだ。

その騒ぎでねねねの顔と名前は一躍一般層まで知れ渡り、皮肉なことに売り上げも上がったのである。

「理由ねぇ……。ある、つったらあるんだけど」

言葉を濁《にご》したものの、漠然《ばくぜん》とした心境の変化には、自分自身気づいていた。

これまでの経験から、ねねねは自分のファンに対してある種の警戒心を抱いていた。抱かざるをえなかった。

無論、普通のファンレターや、励ましのプレゼントを貰《もら》うのは嬉《うれ》しい。だがその一方で、それがあくまでも〝作品に対する好意〟であり、〝自分自身への好意〟でない、と冷めていたのである。

好意的な感想は作品へ、歪《ゆが》んだ思いこみは自分へ。そう選《え》り分けることで、ねねねはファンとの関係を常に客観視してきた。

おかげで人気に溺《おぼ》れることもなかったが、心の奥底には常に孤独感がつきまとっていた。

そんな心境に変化が訪れたのは、前述した誘拐事件の時である。

毬原《まりはら》という偏執的ファンに誘拐されたねねねは、同じく彼女の熱狂的なファンである読子・リードマンに助けられた。

ファンにさらわれ、ファンに助けられる、という体験は、彼女の主観に変化を促した。ファンは、当然であるがそれぞれ異なる人格なのだ。いいファンも悪いファンも、先入観で一緒くたにはできないのである。

当たり前すぎる事実だったが、それはねねねの、人とのつきあいかたにも影響を及ぼした。実際にその人格を見ることなく、会う機会を放棄《ほうき》していては、視野狭窄《しやきようさく》になってしまう。自分がこれから作家として生きていくなら、それは回避《かいひ》、矯正《きようせい》しなければいけない性質だった。

「もう少し、いろんなことをしてみよう」

事件の後で一人決意した、ささやかな自己改革なのだった。

作品のためだけではなく、自分のためにも。

その手始めが休学し、新たな世界を知ることであり、未だ謎《なぞ》の多い読子・リードマンにつきまとうことだった。

そう思い、動きだしていた矢先、新作『ワイルド・パーティー』をドラマ化したい、とテレビ局から打診《だしん》がきた。

まだまだ企画の段階だったが、事件後に出した本ということで話題性もあり、かなり実現性の高い話だった。

ねねね自身は自作の映像化にあまり興味はなかったが、出版社が乗り気になった。

活字離れが加速度的に進む現在、ベストセラーの大半は何らかの形で他メディアの力を借りている。

　ねねねは五〇万部を売る、ジュニアノベルではトップクラスの作家だが、その購買層以外へのアピールは鈍かった。

「作家として更に上のレベルで大成するには、今後の展開を考えていかないと」

といった内容のことを、編集局長から直々《じきじき》に言われたのだ。

　そのキャンペーンの前哨戦《ぜんしょうせん》として、サイン会が企画されたのである。

　少し悩み、考えもしたが、ねねねは初のサイン会を行うことにした。編集部にしろ書店にしろ、自分の本のためにやってくれるのだし、ファンの実像と直面するいい機会にも思えたのだ。

　告知された当日にもうのり、晴美から電話がきた時は、幾分か気恥ずかしくもあったが。

「エーギョーってヤツ？　たいへんだよね」

「あたし、コドモん時に近所のCD屋で演歌歌手見たよ。ああいうの？」

　なんだかんだ言いつつも、ねねねが二人とつきあっていられるのは、この呆《あき》れるほどの裏表の無さが理由なのだろう。

　そこに悪意はない。自分の精神状態によっては、皮肉に感じられる言い回しはあるが。

　それは、彼女たちがねねねをまっすぐ見据えていることの証明でもある。二人がつきあうのはあくまで「クラスメイトの菫川」であり、「売れっ子作家としてのねねね」はその後ろなのだ。

その適度な距離感が、ねねねには心地《ここち》よかった。

「あのね。あたしの本って、そこそこ売れてんだよ。デパートの屋上でミニコンサートとかすんじゃないいんだから」

「うわ、テングんなってる、こいつ」

けらけらと笑いながら、晴美がアイスに添えられていたシャチ型キャンデーを口に運ぶ。

「うちの母さん、本買ったって言ってたよ。事件の時。読んでないみたいだけど」

どんな返答をすればいいのかわからない。

「菫川のファンってさ、男が多いの？　女が多いの？」

彼女たちの話題の切り替えようは、脈絡《みゃくらく》を無視した、反射に近いものがある。

「ファンレターは、ほとんど女の子だけど」

「じゃあ、サイン会も女ばっかかな？　つまんねー」

こう見えて、男女交際は幅広い経験を持つのりが晴美にツッコミを入れる。

「菫川の小説、女の子向けなんだよ。当たり前じゃん。男がいたら、そっちのほうがコワいよ」

「なんでぇ？　いいじゃん、感受性豊かで」

「あまーい。そんなのオタに決まってんじゃん。豊かなのは思いこみだけだって。そのぶんデリカシーとかゼロなんだから」

言い切るのりの言葉にも、配慮《はいりよ》というものがあまり見えないが。

「……そいえばさっ。ねねね、ネットの噂《うわさ》って見た？」

「？　なにそれ？」

「知らない？　ケッコーあちこちで話題になってるよ。あんたの新作、パクリだって」

「!?」

レモンティーを、吹き出しそうになった。

「ああ、あたしも見た見た。どっか、外国の小説に似てるって」

「なんっ!?　なにそれっ!?」

むせそうになる喉《のど》を抑えつけ、怒りまじりの言葉を絞《しぼ》り出す。

「冗談半分だと思うけどね。なんつったかな、『庭』だよ、『庭』」

「『風のなんとかの庭』だよ。イギリスかどっかだよ。それは覚えてる」

「イギリスぅ!?　あたしそんなトコ行ったことないっ！」

「別にんなことウワサにしてないと思うけど……」

ねねねはティースプーンをぎりぎりと握りしめた。柄《え》の端にある小さなシャチが、その力から逃げようとしているように見えた。

「ちっく、しょうっ！　がでーむ！」

二人との会話を早々に切り上げ、家のパソコンから聞いたHP《ホームページ》にアクセスしてみた。

そこには、匿名《とくめい》で幾つかの書き込みがあった。

「菫川ねねの『ワイルド・パーティー』って、『風の止まる庭』に似てない？」

「ていうか同じ。ネタ切れなんでしょ」

「だからって、世界的なベストセラーからパクる？　フッー」

「どうせ両方読んでるヤツなんていないって思ったんでしょ」

「いるいる、ココに(＾－＾)/」

そのやりとりを見て、ねねねは思わずノートパソコンを投げ捨てそうな衝動にかられた。

「ふんぬーっ！」

最後の理性が働いて、それは押し止《とど》められた。この中にはまだ、書きかけの原稿もあるのだ。

かわりに部屋の中をうろうろと歩きまわる。

「ふー、ふー、ふー……」

動物園の檻《おり》で、熊が興奮しているようだった。

とにかく、『ワイルド・パーティー』を出版した学報堂《がくほうどう》、その担当編集枕木《まくらぎ》に電話を入れる。

「あんまり気にすることないと思いますがねぇ。いや、僕もそのHPは見ましたけど」

枕木は二八歳の編集者である。ねねねとは、デビュー直後以来のつきあいだ。

「気にせずにいられませんっ！　こいつら、誰かつきとめることできないんですかっ！」

「こっちが騒ぐと、こういう人たちは余計に面白がりますよ。ほっとくのが一番ですって」

対処としては一理ある。だが、ねねねの感情はそう簡単には割り切れないのだった。

かくしてねねねは、この衝動をぶつける相手を思いつき、神保町《じんぼうちょう》にやって来たのである。

電車に乗っている間に幾分か頭は沈静化したが、書泉《しょせん》ブックマートでその『風の止まる庭』を買うと、また感情がぶり返してきた。

神保町の裏通りにある読子のビル兼自宅を訪れた時には、すっかり元のテンションに戻っていた。

ねねねは苛立《いらだ》ちつつ、本の積まれた階段をかけのぼった。

読子の自宅は、四階建てのビルの屋上にあるプレハブだ。

階下のフロアーは全て蔵書で埋まり、上へ上へと追いつめられたのである。

エレベーター内にも本が積まれ、使用不可能となっている。メンテナンスを怠《おこた》っているので、実際に動くかも疑わしい。

「センセっ！　いるっ⁉」

不用心にも鍵《かぎ》のかかってないドアを殴《なぐ》るように開け、靴《くつ》を脱ぐ間も惜しんで部屋に上がる。

部屋の床に積まれた本の山、その幾つかがねねねの勢いで崩壊《ほうかい》した。乱雑の極《きわ》みとなっている室内では、今さらどうということはないが。

この部屋で読子がいるとすれば、書物の海にぽつりと浮かぶ小島、ベッドの他はない。人間が寝起きできるスペースは、そこだけだからだ。

たいてい読子は、その上で布団《ふとん》がわりに新聞紙を被《かぶ》って寝ているか、神保町を回って買い集めた本を読みふけっているのである。

一目でわかったが、読子は留守だった。ベッドは空《から》で、新聞の日付も三日前のものだった。本の買い出しかと思ったが、どこか遠出をしているらしい。

休学してから、週に二回はこの部屋を訪れている。

読子はたまに、ぶらっといなくなることがあった。それが〝大英《だいえい》図書館〟の仕事がらみであることは間違いないだろうが、事前にねねねに教えることはなかった。

読子がねねねの身を案じてくれるのはわかる。

しかし、ねねねが知りたいのはまさに彼女のそういった活動なのだ。

この矛盾《むじゅん》はいつか解決しなければいけない問題ではある。

「あーっ、もうっ！」

ねねねは主《あるじ》のいないベッドにダイビングを決めた。

「…………」

未消化の苛立《いらだ》ちが、心の底に沈殿《ちんでん》していた。

「こんな時に留守って、なにっ！　あたしの気も知らないで！」

読子が聞いたら困り果てるだろう言葉である。ねねねもそれは自覚していた。それでも言わずにはいられない。

考えてみれば、ねねねがここまで我《わ》が儘《まま》に感情をぶつけられる相手など、他にはいない。それだけ読子には気兼ねなくふるまえるというか、精神的に依存しているというか、ある程度の信頼関係ができているらしい。

作家と読者。元教師と教え子。そんな立場の二人だが、実際の関係は歳の離れた友人か、姉妹に近いものがある。

ねねねは憮然《ぶぜん》としたまま、買ったばかりの本を取り出した。

『風の止まる庭』。著者、クライブ・カッスラー。

書評でタイトルだけは見たことがある。

イギリスの作家で、何十年だか前に書かれた未発表作品だった。

発見された時にも、新聞に載っていた。

ねねねの興味はそこで尽きたが、本国では出版と同時にベストセラーになったらしい。

内容は、恋愛小説の類《たぐい》だったと思うが。

なんにせよ、読まないことにはどんな判断もできない。

ねねねはせいぜい怒りを鎮《しず》め、読子のベッドに転がってページをめくり始めた。

夕刻に読み始め、日付が変わった頃に読み終わった。

「…………………………」

不覚だった。

一滴だけ、涙を流してしまったのだ。

「ちくしょー、ちょっといい話じゃないのっ」

誰に見られているわけでもないのに、言い訳じみた言葉を口にする。

ティッシュペーパーの箱を探し、目を拭《ぬぐ》った。

『訳者あとがき』で、作者の人となり、本国での風評を知った。

時代の差こそあるものの、彼の作品も当時は風俗《ふうぞく》を盛り込んだ恋愛小説として捉えられ、決して高い評価を受けてはいなかった。

しかし、逝去《せいきょ》して何十年と経った今も、根強い、熱狂的なファンに支持されている。

本作は、生前発表を控えていた作品が、偶然見つかったものだ。

控えていた理由は、本作が他の著作に比べて傾向を異《こと》とするものだから、と推察されている。

カッスラーは、当時の社交界に浮かんでは消える様々な人々と懇意《こんい》になり、彼らをモデルにして小説を執筆した。

当然、幾つかのトラブルも抱えたが、それにおつりがくるほどに話題になり、本は売れた。軽佻浮薄《けいちょうふはく》、と評論家には斬《き》って捨てられたが、大衆は彼の著作を支持したのである。それが興味本位な出発点だったとしても。

だがこの『風の止まる庭』は、最初から最後まで淡々とした純愛物語として描かれている。社交界を魚のように泳ぎまわる主人公は、まぎれもなくカッスラー本人だ。不倫《ふりん》を冒し、命を狙われ、ロンドンから郊外に逃げた彼は、純朴《じゅんぼく》な農家の娘と知り合う。上層階級では知り得なかった娘に主人公は好意を抱き、いつしか真剣な恋に落ちていく、という筋書きだ。

口にすると陳腐《ちんぷ》な話である。ありがちな物語でもある。

だが、そういう話こそが最も強く人々の心を捕らえる。

加えてこの作品は、文体もいつになく率直に記されている。それが、他作品より一段現実味を読者に感じさせるのだ。

訳者はそんなことを説明していた。

「だからってなー、あたしがパクったってのはないと思う……」

ねねねは口を尖らせた。

ねねねの『ワイルド・パーティー』は、芸能プロの予備軍だった研修生が、デビュー前のトラブルで崩壊《ほうかい》していく、というストーリーだ。

彼を支えるのは、かつての級友だった女生徒である。

主人公はライバルとの激しい〝競争〟に敗れ、彼女の側《そば》に居場所を見つけていく。

「……似てるかぁ、これ？」

ものすごく大雑把《おおざっぱ》に考えれば、似てるといえないことはない。

しかし執筆にあたって、ねねねがこの本を知らなかったのはまぎれもない事実だ。

タイミングが悪かったのかもしれない。

『風の止まる庭』は、ねねねの『ワイルド・パーティー』が出版される約一月《ひとつき》前に本屋に並んだ。

続けて読めば、似た印象を強く受けるのは否定できない。

だが、ねねねには両作品の決定的な差を見ることができる。

どこをどう贔屓目《ひいきめ》に見ても、『ワイルド・パーティー』のほうがつまらないのだ。

世界的な作家と、自分を比べること自体がおこがましい、という意見もあるだろう。

だがしかし、相手が誰だろうと、同じ書店に並ぶのだ。意識せずにはいられないのが、ねねねの性分《しょうぶん》である。

自分が世間でどんな風評を受けているかは知っている。

『話題性先行のアイドル作家』。『薄っぺらい人生観のご都合主義小説』。『一八歳以上お断りのオコサマノベル』。

デビュー以来、支持の裏には常にそういった批評がついてきた。

「あたしは自分の書きたい小説を書いてるだけ」と開き直りもしたが、心にそういった言葉がひっかからないはずがない。

誰のために、書くのか？

自分のためだけに書くのなら、本にして出版する意味などないではないか。

では、他人のために書くのか？　他人のためだと言うなら、誰と誰と誰のためなのか？

ここのところ、そういったことをよく考えるようになった。

その苦悩の中で書き上げたのが『ワイルド・パーティー』なのである。

自分で読み返して、眉《まゆ》をしかめた。

言い回しを、故意に難解にしようとしている。不必要なセンテンスも多くある。

本というものは不思議だ。執筆中は気づかなかった事実が、〝本〟という体裁《ていさい》をとった瞬間に浮かびあがってくる。

『ワイルド・パーティー』は、既にねねねの心中で独自の位置を陣取っていた。

試行錯誤《さくご》期の幕開けとなる、習作。

他の誰にも言えないことだが。

そういった悩みが、いつものねねねの作品に見られる個性を殺している。

だから、『風の止まる庭』との差がありありと見えてしまうのだ。

「…………………」

だが、だからといって思い入れがないわけではない。むしろ自分にしか理解できない苦悩がそこかしこに滲《にじ》んでいる。

それを〝パクリ〟と言われては、怒らないはずがない。

ねねねは複雑な心境を抱いたまま、読子のベッドに転がっていた。

もう終電も逃してしまった。タクシーにも乗りたくない。今、人に会うのは辛《つら》い。

今夜は無断で泊まることにする。どうせ一人暮らし、うるさく言う者はいない。

読子が帰ってきたら？　……それはその時考えよう。

ねねねはスポーツ新聞を引っ張り上げ、身体《からだ》を覆《おお》った。

「……ほんとにぷーだよ、これじゃ」

のりの言葉を思い出し、苦笑しながらねねねは眠りに落ちていった。

サイン会の当日。

ねねねは指定された時間、午後一時に大國屋書店に出向いた。

「いらっしゃいませっ！」

枕木と並んで、一〇人ほども店員が出迎えたのには少し驚いた。

「いえ、あの、お気遣いなく……」

一応ゲストであるにしろ、自分のほうが恐縮してしまう。自分はまだ一七歳の小娘で、相手は立派な社会人、という意識があるのだ。

店長、副店長、仕入れ担当、販売部主任、と次々と繰り出される名刺に、ねねねは頭を下げるしかない。

こんな時、「名刺作っときゃよかった」とは思うのだが、いつになっても実行動には移せないのだ。

サイン会の開始は一時半。

それまでねねねは、地下の控え室へと案内された。

大國屋書店は、地上八階の大書店である。

先日開店早々閉店となった『バベル・ブックス』とは比べようもないが、都内でも有数の規模を誇る書店だ。

搬入《はんにゅう》、搬出もトラック単位で行われ、通路、備えつけの棚《たな》にはリストで見受けるベストセラーが山と積まれている。

「……センセ、こういうとこ来ると喜ぶんだろーなー……」

もちろん、読子のことである。

新刊が絶え間なく搬入されてくるのだ、テントを張って「ここに住む！」と言いだしかねない。その図を想像し、ねねねはくすっと笑った。

結局今日にいたるまで、読子は姿を現さなかった。

一応、読子の部屋にはサイン会の日時と場所を書いたメモを残しておいた。

どこでなにをしているのか、まさか無人島にでも漂着しているのか。

「もう上のほうでは行列ができてますよ、お噂《うわさ》どおりの人気でいらっしゃる」

店長のエスコートで、控え室へと歩く。

〝上のほう〟とは、サイン会会場となるイベントスペースのことだ。

七階、クロノポリスのビルに通じる連絡通路の先にあるスペースが、今日の会場となっている。

ガラスの壁は景観もよく、新宿駅南口前が一望できる、とのことだった。

控え室でねねねはお茶を飲み、後日、店頭販売用にと五〇冊の『ワイルド・パーティー』にサインをした。

「娘が、ファンでして」

と、副店長から色紙《しきし》も頼まれた。白一面の色紙にぽつんと「菫川ねねね」と自分の名前が浮いているのは、どこか不格好にも思えた。

個性的な名前でありながら、ねねねのサインは特に書体を崩《くず》しているわけでもない。

署名のごとく「菫川ねねね」と書いているだけだ。サインの練習などしたこともないので当然だが。

「読めればいいじゃん。芸能人みたく誰が書いたのかわかんないなんて、貰《もら》う意味ないよ」

というのが、ねねねの譲歩《じょうほ》の限度だった。

時計が開始五分前を指す頃、

「じゃあ、そろそろ……」

と一同が立ち上がった。

冷たくなったお茶を飲み干したねねねは、今さらながら緊張してきた自分に驚いていた。


エレベーターで七階に到着すると、目前に行列ができていた。
七、八〇メートルの長さだろうか、連絡通路の端に並んでいる。
気配を感じて振り向き、ねねねはあっと声をあげそうになった。

エレベーターを挟《はさ》んで、行列はさらに続いていたのだ。

「整理券は二〇〇枚、配布した日に全部出ました。当日券も一〇〇枚ほど出してますが、伺《うかが》ってますね?」

電話でそんなことを言われたかもしれない。

しかし目下ねねねは、体験したことのない感情に酔い始めていた。

ここに並んでいる全員が、自分の書いた本を持っている。

それだけの事実が、彼女に奇妙な感銘《かんめい》を与えた。

行列に並行して歩き、奥の会場へと向かう。

客の何人かが気づき、小声でねねねを指さした。

ねねねは垣根坂高校の制服を着ていた。〝女子高生作家〟というイメージを強調するには一番、と枕木に言われたのだ。

厳密にいえば休学中、その肩書きは間違っているのでは？　と意見したが、

「東京ディズニーランドだって千葉にあります」

とよくわからない理屈で丸め込まれてしまった。

考えてみれば、こういった場になにを着ていくのかなど見当もつかなかった。着たっきりの読子を笑えない。

ともあれ、制服姿は予想以外のアピールもあったようで、早くもシャッターの音が聞こえてきた。

イベントスペースには屏風《びょうぶ》が立てられ、『ワイルド・パーティー』の宣材ポスターが貼られていた。

そしてその上には、のりや晴美がひやかしたように「菫川ねねね先生『ワイルド・パーティー』出版記念サイン会」の幕が下がっている。なるほど、改めてみると確かに変わった名前だ。

あ、と思い出し、用意された机の周りを見渡すと、はたしてのりと晴美の姿が見つかった。

二人はねねねに小さく手を振り、ステージをデジカメで撮《と》っている。後でまた、からかわれることだろう。

よくよく見ると、どこかテレビ局のカメラまでが来ていた。ワイドショーの埋《う》め草《くさ》にでも使われるのだろうか。

「先生、どうぞ」

書店スタッフに案内され、ねねねは机の置かれたステージに上った。

上って、戸惑った。目の前には、マイクがあったからだ。

「お待たせしました、ただいまより菫川ねねね先生の、サイン会を開催したいと思います」

スタッフの宣言に、行列から拍手があがった。

ねねねはあたふたとお辞儀《じぎ》をし、マイクに頭をぶつけそうになった。

「それではまず、最初に先生からお言葉をいただきたいと思います。先生、どうぞ！」

スタッフの手が、ねねねに向けられる。

一同の視線が、ねねねに集中した。

ねねねはその中から枕木を探しだし、小さく睨《にら》んだ。

(聞いてないですよっ、こんなの！)

(言いませんでしたっけ？　いいんですよ、テキトーにあいさつしちゃってください)

どうやらぶっつけ本番で、ねねねのリアクションを楽しみにしているようだ。日頃締め切りで悩まされている、ささやかなお返しなのだろう。

ねねねはマイクを前に、ようやく口を開いた。

「えー……菫川、ねねねです……」

期せずして、律儀《りちぎ》な拍手が起きた。

「……絶好のサイン会日和《びより》になりまして……。今日は一生懸命《けんめい》書きますので、皆さん、楽しんでいってください……」

我ながら、意味不明なコメントだった。

それでも、行列の全員が拍手をした。

「えー……ありがとうございました。では先生、お席に」

熱くなる頬《ほお》を感じながら、ねねねはさっさと机についた。

のりと晴美が笑いを抑えているのがわかる。

後で、あのデジカメは没収《ぼっしゅう》しなければならない。

なんとしても。

そう決意を固めていたねねねの前に、一冊目の『ワイルド・パーティー』が突き出された。

大國屋書店でこの本を買った者に、サイン会の整理券が配られる。ファンはそれを持参して、本にサインを貰《もら》うのだ。

記念すべき一人目の姿を、ねねねは見上げた。

「…………………⁉」

身長二メートルに達せんという巨体の男だった。

面積にして顔の数倍はあろうかというアフロヘアーを揺らして、はにかみながらねねねを見る。

「……ずっと、ファンでした……今日も、朝五時から並んでます」

ねねねは圧倒されて頷《うなず》き、どうにか礼を絞《しぼ》り出した。

「はぁっ……どうも……。ありがとうございます……」

のりと晴美が、身を折って笑い転げていた。

先制のパンチ（？）をくらったものの、並んでいるファンの大半は女性、それも同世代の少女だった。

これまでのねねねの執筆フィールドを考えると、それはしごく当然といえる。

ただ、時折その中に挿入《そうにゅう》される男性客は、とてつもなく〝濃ゆめ〟だった。

自衛官の制服を着てる者がいる。巨大な花束を持った黒人の米兵がいる。球に近い体型の持ち主、和服の老人、会社を抜け出してきたのか、スーツ姿のサラリーマン。

少女たちもオセロのように挟《はさ》まれる〝異物〟をことさらに意識してか、その前後には微妙な空間が開いている。

しかしだからといって、彼らが突飛《とっぴ》な行動に走るわけではない。

むしろ少女たちより数段静かで、礼儀正しく列に並んでいた。

「つまりー……あたしの小説はぁ、女の子と、ちょっと特異な男にアピールしてるわけだぁ」

そう自覚せざるをえないねねねだった。

「あのっ。私もセンセみたくなりたくてっ。小説書いてきたんです、読んでくださいっ」

真っ赤な顔をして言い、ねねねに封筒を差し出してくる子がいる。作家になりたいのなら、編集に渡すべきだと思うのだが。

「先生、あずみでーす。ファンレター、読んでくれてます?」

初対面にも拘《かか》わらず、かなりの親近感で話しかけてくるファンもいた。

ねねねの元に届くファンレターは週に一〇〇通前後。可能な限りは読むが、全てを個別に把《は》握《あく》するのは不可能だ。

「はやくっ。『グレンダードの道化《どうけ》たち』の続きを書いてくださいっ。こんなの書いてないでっ!」

他出版社作品の続刊を訴える者もいる。いい度胸といえるだろう。それでいて、サインはやはり貰《もら》っていくのだから不思議なものだ。

「せーんせー。ずーっとサイン会やんないって言ってたのにー。こうなりゃウチでもやりましょうよ、ねっ?」

他社の編集までもが並んでいた。不意をつかれたねねねは、ひきつった愛想笑いを浮かべるのが精一杯だ。

三〇〇人弱、といったところだろうか。ひたすらにサインを書き続ける作業は、時間の概念《がいねん》を麻痺《まひ》させた。

笑顔、サイン、握手という一連の動作を繰り返しているうちに、自分がなにをしているのかさえぼやけてくる。

しかしよくしたもので、そんなタイミングを見計らってインパクトのある男性ファンが目の前に立つのだ。

おそらく、今日は生涯《しょうがい》で最も自分の名前を書いた日に違いない。ねねねの頭を、そんな考えがよぎった。

「なに、あれー?」

通り過ぎる親子連れが、不思議そうにねねねを見ている。およそねねねの著作には関係なさそうな二人だ。連絡通路は、無論一般客も利用しているのである。

「なんでもないんですよー。すいません、おジャマしてて……」

つい気を遣って頭を下げてしまう。それがまた、ファンにくすくすとウケてしまうのだから複雑だ。

怪訝《けげん》な顔で通っていく親子連れの向こう、ガラス越しにビル街が見えた。くたびれていた手と頭が、少しだけリラックスした。

ＪＲ線の路線を挟《はさ》んで、ファッションビルや銀行、企業が林立している。眺めとしては悪くない。

「あのー……」

手が止まったねねねに、ファンの子が声をかけてきた。

「え？　あ、はいっ。すいません。もうすぐアガりますからっ」

思わず飛び出た締め切り間際《まぎわ》の口調に、枕木が笑った。

「…………」

ねねねは我に返り、急いでサインを書きあげる。

「はいっ、お待たせっ」

ファンの少女は、サイン本を受け取り、ねねねと握手して微笑《ほほえ》んだ。

「ありがとうございますっ。……がんばってくださいねっ」

「…………………」

今日、何十回となく聞いた「がんばってください」だった。

ねねねにすれば数多く聞いたその言葉が、彼女にとってはたった一度の「がんばってください」なのだ。

本を買い、読み、今日ここまでやって来た末の言葉なのである。

そう意識してみると、言葉がしみじみと身体に浸《し》みわたるのが感じられた。

「ありがと。そっちもねっ」

名前も知らない少女に、ねねねは親近感を覚えた。

この世界で、普通なら知り合うはずのなかった相手との、本を通しての繋《つな》がりが、実感として伝わった。

少女は嬉《うれ》しそうにねねねの前から去り、替わって筋肉質な巨軀《きょく》の辮髪《べんぱつ》男が現れる。

「……著書、すべからく愛読しておりまする。これからもご健勝《けんしょう》のほどを」

「……ありがとう、ございまする……」

語尾が変になったことに、気がつかなかった。


二時間ほどで、行列はなくなった。

さしたる混乱もなく終わり、関係者がほっとした顔を見せる。

ねねねも列の最後尾にいた少女にサインを渡し、ふうと息をつく。

サインを貰《もら》った後も、何十人かのファンが残り、その場にたむろしている。

サイン会無事終了を、共に祝うつもりなのだろう。

のりと晴美はといえば、ねねねを撮《と》り飽《あ》きたのか、ビルから見える景観のほうにデジカメを向けていた。

結局、その場で本を購入に走った者も含めて、三〇〇人強にサインをしたことになる。

最後のほうは、自分の名前が記号に思えてきた。

「………………」

だが、ねねねはどことない物足りなさを感じていた。

あの姿が、見えなかったのだ。

それは、サインなどいつでもできる。だが、どうせなら初めてのサイン会で彼女にも手渡したいというのは、感傷にすぎるのだろうか。

「……以上をもちまして、菫川先生のサイン会を……」

続く司会の言葉に、一同が拍手のための手を上げた時である。

世にも気をそぐ声が、聞こえてきた。

「ま〰〰〰〰〰って、くださ〰〰〰〰〰い〰〰〰」

語意と裏腹に、原子レベルの緊迫感も感じられない声だった。

それは、連絡通路の奥からのたのたと聞こえてきた。

「………………あーぁ、やっぱり来たよ」

これまた語意と裏腹に、ねねねが苦笑する。

「サ〰〰〰〰〰〰イン〰〰〰、くださ〰〰〰〰〰〰い〰〰〰〰」

ばたばたとコートをなびかせて、メガネの女が駆けてきた。

聖火のように片手には、高々と『ワイルド・パーティー』を掲げて。

「……あ、あれ……」

のりと晴美が、記憶の底からその容姿をひきずり出した。

「遅いよ、センセっ！」

「すみませ〜ん〜〜〜〜〜！」

ねねねの呼びかけに、一同の視線が彼女に集まった。

まさか階段で上がってきたのか、注目の的《まと》になった読子・リードマンはぜはぜはと苦しく息をする。

「……さっき、神保町に帰ったもんで……」

「どこ行ってたのよ。ずいぶん長い間留守だったじゃない」

「ええ、ちょっと……思いがけない事態に……」

ねねねとすっかり知人レベルで会話する読子に、なんだこの女はと観察眼が飛んでくる。

ばりばりに固まりかけたロングヘアー、汚れたコート、片方底の取れかけたローファー。ホームレスでも不思議はないほどのヨゴレっぷりである。

「下で、買ってきました。お願いします！」

読子が、ねねねに『ワイルド・パーティー』を差し出す。

「おそれいります、もう時間が……」

撤収《てっしゅう》時間を気にかけていたスタッフが、明らかに異質な彼女をやんわりと遮《さえぎ》ろうとする。

「え～っ!?　おわりですかぁ?」

読子は潤《うる》んだ視線でスタッフを見つめた。しかしスタッフの心を動かした、というより動揺させたのは、強い異臭であった。

「うっ!?」

この時点で、ねねねも読子が放つ奇妙な〝臭い〟に気づいた。

「センセ、なんかヘンな臭いする……」

「へっ?　ああ、そういえばこの二週間、おフロに入ってませんから……」

うっ、とスタッフが身を引いた。さすがにねねねも鼻をつまんで後ずさる。

読子は、慌《あわ》てて自分の言動をフォローした。

「あ、でも身体《からだ》は洗ってたんですよっ!　特殊な状況だったけど……」

「……センセ、どこでなにしてたの?」

ねねねのじっとりとした視線に怯《ひる》みつつも、読子はスタッフにすがりついた。

「お願いしますぅ、帰国してすぐ駆けつけたんですぅ、なんとかぁ……」

「わっ、わかりましたっ。手早くすませてくださいねっ」

迫力に押し切られる形で、スタッフが頷《うなず》く。

読子はぱぁっと明るい顔を取り戻し、改めてねねねの前に立った。

「……なにがあったか、後で教えてよねっ」

「はぁっ……」

読子が曖昧《あいまい》な笑顔を作る。なにか、任務に関係してのトラブルだったのだろう。腰をすえて追及しないと、トボけられてしまうかもしれない。

「読子さんへ、って入れてくださいね」

「恐怖！　メガネ女へって書いてやる」

「そんなぁっ！　せっかく来たのにっ」

読子の顔がたちまち哀しげに歪《ゆが》む。

「じょーだんだって、ほら、貸してみ」

『ワイルド・パーティー』の文庫本を、ねねねが受け取った。

その時である。

開かれた本のページに、赤い点が付いた。

「……？」

光点《こうてん》だった。それは瞬き一つする前に、本からねねねの胸へと移動した。

読子の知覚が、過去の記憶からその正体を導き出す。レーザーサイト！

光点は、ねねねの心臓の上で止まった。

「先生っ！」

読子は踏み込み、文庫本を深く突き出した。無論、ザ・ペーパーの〝能力〟をこめて。

スペース壁のガラスに、弾痕《だんこん》が出現した。無数のヒビが一面に広がり、四散《しさん》する。

読子の突き出した文庫本は間一髪《かんいっぱつ》でねねねの心臓をカバーした。その紙面に、弾丸が突き刺さる。

「！」

読子はそのまま、ねねねに被《かぶ》さって机の向こうに押し倒した。

「なにっ⁉」

ガラスの破壊音で、集まっていたファンたちは頭を抱え、床に伏せた。

なにが起きたのか理解しているものなど、一人もいなかった。

「⁉　⁉　⁉」

声にならない驚きが、飛び込んできた風と混じりあい、混乱を強くする。

屏風《びょうぶ》が倒れ、ポスターが引き剝《は》がされた。

騒然としたイベントスペースで、机の陰から読子が慎重に顔を出す。もちろん、防護用の紙をかざしながら。

「…………………」

この高度、弾丸の進入角から計算して、敵の狙撃《そげき》ポイントは線路を隔《へだ》てたビル。

距離にして四〇〇メートル以上はある。風も強い。明らかに、プロの仕業《しわざ》だ。

読子の目は目まぐるしく動き、狙撃手の姿が既に無い、と判断した。

おそらく失敗を確認し、もう撤退《てったい》しているのだろう。

「…………いったい、なにぃ？」

読子の下で、ねねねが後頭部をさする。転がったショックで、打ったらしい。

「狙撃されました。おそらく、プロです。先生を狙ってました」

「……またぁ？」

ねねねは大きく眉《まゆ》をしかめた。


控え室に警察が駆けつけたのは、八分後だった。

ねねねは救急箱で、後頭部にできたコブの治療を受けていた。

命は救ったものの、読子はどこか気まずげに笑いを浮かべている。

「……社のHPに、犯行声明が送られてきました」

枕木が、FAXを手に部屋に入ってきた。

「『菫川ねねねの、恥知らずな盗作行為に抗議する。公《おおやけ》に、クライブ・カッスラーへの謝罪を行わない限り、私の抗議行動は続く』……とのことです」

控え室に、沈黙が落ちた。

「……どういう、ことですか？」

口を開いたのは、新宿署からやってきた刑事だ。

「……聞いてのとおりよ。あたしの小説が盗作だったたって思ってるヤツが、銃で撃ってきたんでしょ」

「そんな動機で⁉　狙撃を⁉　バカな！」

「バカじゃありません」

一歩前に出たのは読子だった。

「ジョン・レノンを射殺したマーク・チャップマンは、同時にスティーブン・キングの熱狂的なファンだったと知られています。ハリウッドスターやロックミュージシャンに比べれば表には出ませんが、作家を偏愛《へんあい》するあまり凶行《きょうこう》に走るファンはいるんです」

ねねね自身も、毬原に誘拐《ゆうかい》されるという体験をしている。予想外に落ち着いているのは、そのせいかもしれない。

「あなたは？」

「……読子・リードマン。菫川先生の、元担任です」

厳密にいえば今の立場は違うのだが、読子はそれで押し通すことに決めた。ねねねが口を挟《はさ》まなければ、早々バレることもない。

「……あ、あの時の」

「お、お世話になりました」

枕木の言葉に、読子の態度が急に崩《くず》れる。

以前、読子は『バベル・ブックス占拠《せんきょ》事件』の際、彼からタクシー代を借りたことがあるのだ。

「……とにかく、犯人の確保まで、護衛をつけたほうがいいでしょうな。今日はこのまま、家にお送りして……」

「いやよっ」

刑事の言葉を、ねねねが遮《さえぎ》る。

「明日は、大阪のサイン会じゃない。今日、夕方の新幹線で行くんでしょ？」

サイン会は、二日連続で行われるのだった。初日の今日が東京、二日目の明日が大阪、というスケジュールが組まれているのだ。

「中止にするしかないでしょう。命を狙われてるんだから」

枕木の言葉に、刑事が頷《うなず》く。しかしねねねの首は、頑《がん》として動かない。

「ここで中止にしたら、そのバカヤロに負けたことになるじゃない。あたしは神にかけて、盗作なんてしてないっ！　なのにそのバカにビビってサイン会中止なんて、絶対イヤ！」

一七歳とは思えない激烈な言葉に、二五を過ぎた大人たちは圧倒された。

「菫川先生……無茶ですよ。先生のお言葉は立派だと思いますが、そのバカの凶弾《きょうだん》に倒れたら、もともこも……」

諭《さと》す読子を、大人たちが「さすが教師」という目で見る。

しかしねねねは、にぃっと笑ってその言葉をうちきった。

「なら、センセも一緒に来てよ。大阪まで」

「はぁっ？」

「守ってくれるって、言ったじゃん」

読子は言外《げんがい》に、自分が脅迫《きょうはく》されていることに気づいた。ザ・ペーパーとしての顔は、ここにいる部外者に知られるわけにはいかない。

ねねねはつまり、自分に護衛を頼んでいるのだ。毬原、バベル・ブックスという二つの事件を共にした彼女は、警察よりも読子を頼りにしているのだった。

「それはその、あの……」

ねねねがピンチとなれば、読子としても同行することに異論はない。しかしこの場合、サイン会を中止したほうが安全性が高いのも、明らかな事実なのである。

二人だけで交わされる裏のやりとりに、一同は怪訝《けげん》そうな顔を作った。

「お願いだから、センセぇぇ……」

懇願《こんがん》の言葉に、脅《おど》すようなニュアンスがこめられている。

「……わかりました。一緒に行きます……」

読子は、敗北した。

「ちょっと先生！　なに勝手に決めてるんですか！」

うってかわり、「あんたそれでも先生か」との非難が、読子に集中した。

「いえ、あの……大阪にも、菫川先生を待ってるファンはいっぱいいらっしゃいますし、そういうファンの夢をコワすのはどうかなあって……」

「狙撃《そげき》されたら、夢どころか先生がまるごとコワされちゃうんですよ！」

ねねねは既に交渉《こうしょう》を読子にまかせ、鏡で後頭部を眺めている。

読子は国家権力と大手出版社の剣幕に押されながら、しどろもどろに言葉を繋《つな》ぐのだった。

大阪。国際なにわホテル。

名前は微妙な矛盾《むじゅん》を感じさせるが、その内装、設備、サービス、そして宿泊費は掛け値なしの一級である。

その日の夜。

新幹線で新大阪に着いたねねねたちは、警察に護衛されながらホテルに到着した。

能力が公《おおやけ》にできない以上、あくまで読子の立場はねねねの保護者がわりである。

警察の護衛は同フロアーの別室とロビーにて、編集の枕木と待機している。

読子はといえば、ねねねと同室である。これだけでねねねとしては、かなり安心できる。

一応、窓際には近寄らないこと、カーテンを絶対に開けないことを指示して、読子はバスルームを使用した。ようやく異臭がとれ、どことなく爽《さわ》やかな顔になった。

改めて、ねねねから詳しい事情を聞く。

「……しかし、毬原さんの時といい、センセの小説は、どうして変な人を惹《ひ》きつけるんですかねぇ」

読子は自分もその一人であることに気づいていない。

「こっちが教えて欲しいわよっ。……それに、あの時はあたしのファンだったけど、今度は他人のファン。巻き込まれただけなんだから、そこんとこハッキリ理解しといてよっ」

「はぁ……」

読子は、机に置かれたデジカメを覗《のぞ》きこんだ。

「それ、のりと晴美が撮《と》ってたやつ。……どう？　なんか見える？」

「……小さすぎて、ちょっと……」

ねねねは東京を発《た》つ前に、心配そうに待っていたのりと晴美に会っていた。

その時に、彼女たちが書店からの景観を撮っていたことを思い出したのである。

もしかしたら、狙撃手の手がかりがあるかもしれない。

そう思って借り受けたのだが……。

「ノートに繋《つな》いでみよっか。ちょっとは大きくなるよ」

ねねねは持参したノートパソコンに、デジカメを繋いだ。

一五インチの液晶上に拡大された画像を、読子がなめるように見つめる。

「えーと、反射角がだいたい……」

記憶を頼りに目算《もくさん》する。高度から考えると、ビルの窓はたいてい開閉できない。となれば、狙撃ポイントは屋上である可能性が高くなる。

屋上を眺めていくと、はたして高層ビルの狭間《はざま》にあるビルに、影らしきものが映っていた。

「これ？　見えないじゃん」

拡大しても、ドットの粗《あら》さに姿は隠れるばかりだ。

ただ、影から突き出る長い線は、銃身と考えてほぼ間違いないだろう。

「……雇《やと》われたのか、この人自身が熱狂的なファンなのかはわかりませんが、気は抜けませんね。明日のサイン会会場は、どんな場所なんですか？」

「コミックの専門店みたい」

「マンガですか」

「少女小説とマンガの購買層って、思いっきりカブるから」

「大きいところなんですか？」

「行ったことないから。でも今日みたいなってコトはないでしょ」

「……となると、方法をかえてくるかもしれませんねぇ……」

「方法って？」

「爆弾テロとか」

「げ。どうせなら、美しい死《し》に様《ざま》がいいなぁ」

さらさらと流れる会話だが、その内容は不穏そのものである。読子とつきあううちに、ねねにもある程度の耐性《たいせい》ができてしまったのだ。

「……でもそうなると、お店にも迷惑かかっちゃうね」

「迷惑というか……」

「私、やっぱり帰ったほうがよかったのかな？」

テレビ局の押さえた映像は、夕刻のニュースで報道されていた。

ねねねの行動は賛否両論の意見が飛び、今のところ、否定的な見解のほうが目立っている。

「帰ったほうが、対処はしやすかったと思います。でも……」

「？」

「先生の、そういう意地っぱりなとこ、私は好きです」

不意をつかれて、ねねねの頬《ほお》が赤くなる。

「やめてよ、うっとーしー」

「すみません……」

読子もどこか気恥ずかしいのか、わざとらしく頭をかいた。

最初に会った日も、こんなふうに二人で話した。

読子は不思議と、自然に人の心に入りこんでくる。それは決して強引なものではない。おそらく、本に対して見せるような純粋さが、対する人のガードを解《と》くのだろう。

「…………………」

そんな純粋さで、ねねねは確かめたいことがあった。

「ねぇ、私の本、読んだ?」

「はいっ。新幹線で拝読しました」

「……『風の止まる庭』は?」

「読みました」

「どっちが、おもしろかった?」

読子の顔が強《こわ》ばった。唐突に投げつけられた問いに戸惑っているのが、明白だった。

「……おもしろさって、比べるものでは……人それぞれに、基準が違いますし」

ねねねの瞳がわずかに冷めた。

「そんなゴマカシ聞いてるんじゃないの。先生にわかんないわけないでしょ。どっちが、おもしろかった?」

我ながら意地の悪い言い方だと思った。しかしこんな言い方をしなければ、読子も答えられないに違いない。

「……『風の止まる庭』、です……」

「どのくらい？」

「……圧倒的に……」

ねねねがふう、と息を吐く。自分も緊張に耐えかねたのだ。

「あの、菫川先生……」

困りはてた読子を、ねねねが指で制した。

「いいの。自分でもわかってたから。圧倒的に、ってのは効いたけど」

「はぁ……」

「正直に言ってくれて、よかった。ヘンに気でも回したら、廊下《ろうか》に叩き出してやろうと思ってたし」

「ははは……」

「……あの人、あの作品だけが異色なんだって。文体とかも変えてるし」

「はぁ……そうですね」

「みんな、だから恥ずかしくて未発表にしたって言ってるけど。私、思うんだ。ひょっとして、文体変えるほど大切だから、そっとしまっときたかったんじゃないかって」

読子は、試験問題のヒントを貰《もら》った生徒のように、目を丸くした。

「あの人の作品って、モデルがいるんでしょ？　だったら、その人との思い出だけは、人に見せたくなかったんじゃないかな？」

「……ああ、ああ、私、気がつきませんでした……」

「だから、推察だってば」

「いいえ！　きっとそうですよ！　だってそのほうが、ロマンチックじゃないですか！」

力説する読子に、今度はねねねが気圧《けお》された。

「……でも、そんな思い出まで本にして読んじゃうんですから、私たちって、罪深いですねぇ……」

「かもね。……でも、本になったことで、そのモデルさんだって読めるかもしれないんだから」

「そうだと、いいですねぇ……」

二人はしばらく黙った。

おもむろに、ねねねが立ち上がる。

「さて……と。で、ね。明日の作戦なんだけど……」

「作戦？」

読子は、ズレかけていたメガネの位置を修正した。

翌日。朝。

ニュース性を認識してか、ホテルのロビーには先日の一〇倍の報道陣が押し掛けていた。

それを見た枕木は、複雑な心境にとらわれた。

連中が求めているのは、衝撃的な映像に違いない。目前で作家が狙撃《そげき》される、驚愕《きょうがく》のトップニュースなのだ。

編集者としては、それは断固阻止《そし》せねばならない。

「必要ならば、身体《からだ》をはれ」

と編集長にも言われている。さすがにそこまではできないが。

だが、この騒ぎでねねねの本がまた売れるのも事実だ。

そういう意味では、利用もしなければならない。

遠ざけすぎないように、近づけすぎないように。

本日の段取りを考えつつ、枕木はねねねの部屋をノックした。

三〇秒待っても、返事は戻ってこなかった。

ドアの下に、手紙を見つけた。

イヤな予感が心中に生まれた。

そしてそれは、みごと的中していたのである。

「ねーちゃんたち、観光かー？　あー、修学旅行かー？」

詮索《せんさく》好きなタクシーの運転手は、読子とねねねの服装を見てそう決めつけた。

「ええまあ、そんなもので……だいじょうぶなんですかね、枕木さん?」

「後でケータイで連絡するって。それに本屋の場所と時間はFAXもらってるし」

読子とねねねは早朝ホテルを抜けだしたのである。無論、警察の護衛もまいてのことだ。

身勝手、ととられることはわかっていたが、読子はねねねの真意を見抜いていた。

ねねねは孤立することで、敵をおびきよせる気なのだ。

報道されたせいで、ねねねの取り巻きは急増した。

サイン会を襲撃されれば、被害者も少なからず出る。それまでに、ケリをつけるのだ。

読子は、自分が信頼されていることを嬉《うれ》しく思い、責任の重大さに改めて身を引き締めた。

もしかしたら今にも襲撃を受けるかもしれない……、今にも……。

タクシーの運転手は、そんな事情に気づかず能天気な声をあげた。

「どこ行くー?」

「大阪ったら、アレ行ってみたかったの! 通天閣《つうてんかく》!」

塔《とう》、タワーは街の名所であり、わかりやすいシンボルである。

東京なら東京タワー、京都なら京都タワー、フランスならエッフェル塔、ローマならピサの斜塔《しゃとう》。どれもが観光名所であり、絵葉書きなどでその存在を広くアピールしている。

大阪、新世界《しんせかい》の通天閣は、中でも一風変わった異彩を放っている。

『全国有名タワー比べ』で〝どべ〟から三番という微妙な地位、中途半端《はんぱ》な高さ、名物の人制御式《ひとせいぎょ》エレベーター、そしてビリケンさん。

足下に広がる新世界の町並みに比例した、庶民《しょみん》感あふれる塔なのだ。

その展望台は戦前から大阪を見守り続け、街と共に成長してきた。

東京タワーが旅行客の観光スポットとするならば、通天閣は地元の人間が〝ちょっと上ってこ〟と気軽に出かけられる遊び場に近い。

「ふわー、ほんとだ。映画でみたとおり」

展望台に降り立ったねねは、ガラスを隔《へだ》てて広がる大阪の景観に感嘆の声をあげた。

「映画に出たんですか？　ここ？」

あまり観光に興味のない読子は、ぶらぶらと円形の展望台を回っている。どうやら文庫本売り場でもないかと探しているようだ。オミヤゲやジュースの類《たぐい》は売っているが、さすがに展望台まで来て本を読みふける者はいないだろう。

「『どついたるねん』に『王手』に『ビリケン』。阪本順治《さかもとじゅんじ》の新世界三部作だよ。見てない？」

「はぁ、映画はちょっと……」

ようやく見つけたのが、通天閣のパンフレットである。ペーパークラフトでミニ通天閣が折れるというスグレものだ。

「ここから見る街がキレイでねー。いっぺん、本物見たかったんだ」

「はぁ……」

さしもの読子にも、共有しかねる感覚である。

「学校じゃ、来れなかったからさ」

その言葉で読子も、は、と気づいた。

休学していなければ、ねねねは今年あたり修学旅行のはずである。級友たちとこの大阪や京都、奈良を散策したことだろう。

だが彼女は、作家という道を選んだことでそういった楽しみを放棄《ほうき》したのだ。

誰も責められない。自分で決めた道である。

だから、寂しさに行き場がない。

人と同じ思春期を歩めなかった読子には、彼女の気持ちがよくわかる。

「……先生！　ビリケンさんって、ハッピーを叶《かな》えてくれる神さまなんですって！」

読子は、パンフの説明文をことさら大声で読み上げた。

「知ってるって」

ビリケンさんは、通天閣の展望台に祀《まつ》られている神様である。

ちょこんと座ったその木像にお賽銭《さいせん》をあげ、願い事をし、頭から順に触っていき、最後にまた拝むと願いが叶うと言われている。足の裏を触られるのをことのほか好むらしいが、その理由は定かでない。

読子とねねねは、観光客のオバちゃんたちに混じって、ビリケンさんを拝んだ。

手製の社《やしろ》と布で、ビリケンさんの周りはショーアップされている。名物ということで、通天閣も力を入れているのだろう。『ビリケンさんフェアー』というポスターはどうかと思うが。

「……先生、なにお願いしました?」

「サイン会が、無事できますようにって」

「……私と同じですねぇ」

読子は笑い、周囲を見渡した。感傷にひたりながらも、油断は許されない。どこであの狙撃手《そげきしゅ》が襲ってくるか、わからないのだ。

「下へ参りまーす」

エレベーターガールならぬエレベーターボーイの運転(?)するエレベーターが到着した。

読子とねねねは、オバちゃんたちと共にどやどや乗り込んだ。


階下のフロアーに到着し、エレベーターが扉を開いた。

人いきれから解放された読子が、息をつく。

「先生、次はちょっと古本屋街でも……」

「うっ!」

背後から浴びせられたのは、くぐもった声だった。

「！」

悪寒《おかん》が背中を走った。振り向いた読子が見たものは、一人エレベーターに残されたねねねだった。いや、一人ではない。

エレベーターボーイが、彼女の口を手で塞《ふさ》いでいた。

「せっ……！」

駆け寄った読子の前で、エレベーターの扉は無情に閉まった。

「！」

エレベーターは二基ある。読子は急いで隣を見た。しかしそこには『調整中』の札《ふだ》が虚《むな》しくブラ下がっていた。

「階段はっ⁉」

展望台到着までのタイムラグは致命的だ。いや、今この瞬間、エレベーターの中でねねねが殺されたら⁉　読子は絶望的な考えを頭の外に押しやり、驚いている職員に詰め寄った。

つい数分ほど前に訪れていた展望台に、ねねねは戻ってきた。

しかし今度は床に蹴《け》り飛ばされるという、ワイルドな訪れ方だった。

なにごとかと顔を出した売店のオバちゃんが、

「下りなさい」

エレベーターボーイの制服をかなぐり捨てた女に命令され、慌《あわ》てて階段への出口に走る。

女？　そう、ねねねを捕らえたのは、長身の女だった。

抱き寄せられた身体《からだ》に、しなやかな筋肉が感じられた。鍛《きた》えているに違いない。

オバちゃんを瞬時に萎縮《いしゅく》させたのは、女が構えた巨大なナイフだった。

「……なにしにきたか、わかってますね？」

ねねねは倒れたまま、女を見上げた。視線に強い反抗をこめて。

「あなたは、文学に携《たずさ》わるものとして、もっとも恥ずべき行為、盗作をしました。記者会見を開いた後、新聞全紙、インターネット、各小説誌に謝罪文を載せなさい」

冷静な口調が、かえって不気味だった。その冷たさが、ナイフに反射しているようだった。

「……あたしは、盗作なんてしてないわっ」

「言い訳です。あなたの作品が、『凪の止まる庭』のプロットを流用しているのは、誰の目にも明らかです」

「できるわけないでしょっ！　執筆中は本出てなかったし、原書が読めるほど英語よくないのよっ！」

「……読む方法は、いくらでもあります」

女はレバーを操作し、エレベーターを停止させた。

これで、読子が助けに来るとしても階段を使うしかない。

ねねねは倒れた姿勢のまま、ゆっくりと動いていく。言葉で、注意を引きつけながら。

「あんた、なにものよ？　クライブ・カッスラーのファン？」

「ファンだなんておそれ多い。彼は私の救世主です。彼の著作は、私の渇《かわ》いた心を癒《いや》してくれます。だから、安易にその物語を模倣《もほう》する人間は許せない」

どこかの国の軍人か？　戦争後遺症にでもかかっているのか？

この期《ご》に及んで女の過去を空想する自分が、ねねねは不思議だった。

「世界の物語は、すべてカッスラーから編み出されています。世界には、カッスラーの本さえあればいい。他は醜《みにく》い。あなたの本も、稚拙《ちせつ》なエピゴーネンにすぎません」

ねねねの動きが止まった。

「そんなものを、どうして書くのです？　なんのために？　一番美しいものが既にあるのに」

ねねねは見上げた。ナイフよりも鋭い視線が、女を刺した。

「確かに、あたしの小説は足下《あしもと》にも及ばないわ……」

ねねねは、床に広がっていた布を握りしめる。悔しさを、力にして。

「でも、それでも、書くのよ！　一歩でも前に進むために！　誰が先に書いてようと、進んでようと、あたしはまだ書いてないんだもの！　追いついて、いつか追い抜くには、書くしかないの！」

女の動きが止まった。

「そんなナイフじゃ、あたしは絶対止まらない！　書いて、進んで、誰よりもおもしろい小説を書いてやる！」

はぁはぁと、熱い息が出た。身体中が熱かった。宣言は力になり、ねねねの中に満ちていく。

しかし、女は彼女に反するごとく、冷たい顔になっていた。

「そんなチャンスは、二度とない」

ナイフを振り下ろそうと前に出る。

「！」

ねねねが、握りしめていた布を思いっきり引っ張った。

ビリケンさんを祀《まつ》っていた不格好な鳥居が、女の上に被《かぶ》さってきた。

「!?」

女の視界が、飾り付けの布で覆《おお》われた。闇雲《やみくも》に振り回すナイフが、それを切り裂《さ》く。

その間で十分だった。

ねねねは立ち上がり、ちょこんと座った格好のビリケンさんを持ち上げる。

「たあああっ！」

通天閣展望台にねねねの雄叫《おたけ》びがこだまし、続いて大きな衝突音が聞こえてきた。

ビリケンさんと、女の後頭部がぶつかった音だ。

硬質な音で、ナイフが床に転がる。布を被ったまま、女が倒れる。

「ふはぁっ……はぁっ……」

ねねねの荒い息づかいに、

「センセッ！　はぁっ、はぁっ……！」

読子の息が重なった。紙を構え、険《けわ》しい顔つきで階段出口から顔を出す。

「センセっ！　無事ですかっ！」

座り込んだねねねに、読子がかけよる。

ねねねは、ぼうっと倒れた女を見下ろしていた。

気絶したのか、ぴくりとも動かない。

うちどころが悪かった、とは思えない。せいぜい大きなコブ程度だろう。

ねねねは昨日、彼女が原因でできた自分のコブを撫《な》でた。

とにかく、借りは返したわけだ。

「それにしても……」

「センセ!?　無事なんですか!?　だいじょうぶですかっ!?」

警戒を解《と》かない読子に説明する前に、ねねねは救世主を拝んだ。

「ビリケンさん、ありがとうございます」

その日の午後。

難波《なんば》のコミック専門店、どりーむらんどをねねねは来訪した。

携帯で事情は知ったものの、無事を確認して枕木は胸をなで下ろす。

現金すぎるというか、報道陣は半分に減っていた。

まあこの後、警察署で行われる事情聴取には、またかけつけることだろうが。

「ありがとうございます、先生。事情が事情なのに……」

店長がぺこぺこと頭を下げる。

「どしてー。だってサイン会には関係ないじゃないですかっ」

昨日と一転して、店内は狭苦しい。だがスペースを有効に利用し、ポップや平積《ひらづ》みにも工夫を凝《こ》らした、丁寧《ていねい》な店構えだった。

その奥まった一角に、サイン会用のスペースが用意されていた。

手書き文字の垂れ幕と、ねねねの著作の表紙コピーがコラージュされている。

読子は楽しそうに店内を見回して、言った。

「いい本屋さんですね、ここ」

ねねねが席に座ると同時に、店長が声をはりあげた。

「たいへんお待たせしましたー。これより、菫川ねねね先生のサイン会を開催しまーす！」

店内に並んでいた客から、拍手が起きた。

ねねねは顔いっぱいで笑い、差し出された本にサインを書く。

最初のファンは、やっと中学に進んだかという年頃の少女だった。

緊張に身を硬くしながらも、紅潮した顔でねねねに手を差し出す。

「あのっ……いつも、読んでますっ。これからも、おもしろい本、書いてくださいっ」

ねねねは握手をかわし、彼女に答えた。

「おうっ。まかしといてっ！」

第三章　『読子・リードマンの場合』

「無人島に一冊だけ持っていくとしたら、どんな本を選ぶ?」

心理テストや性格判断でよく見る質問である。

常日頃《つねひごろ》からの愛読書をあげる者がいる。思いついたままに、雑誌や漫画本をあげる者もいる。信仰深い人なら聖書、本能に忠実な人ならエロ本の類《たぐい》だろう。辞書、と答えた作家もいた。確かに、読み応《ごた》えという点だけにおいては、これに勝《まさ》る本はない。

いずれにせよ、あまり真剣に考えこむ者は少ない。

バカンスでもない限り、実際に無人島に行ったとすれば、するべきことは山のようにあるのだ。退屈と孤独に悩まされるのは、その後の話だろう。

だがしかし。

彼女には、その一冊すら許されなかったのだ。

最初に瞳に飛びこんできたのは、砂だった。

それも、宙に浮いている砂だ。

「？」

意識と共に、視界が鮮明になっていく。

脳はそれを、眼鏡《めがね》についている砂だと認識した。失われた意識が現実へと回帰し、彼女の身体を行動させる。

「あふぁー？」

気の抜ける目覚めの言葉を合図として。

読子《よみこ》・リードマンは、地面にへばりついていた身体を引き剝《は》がした。

ざらりとした感触が手に当たる。砂だ。

雑な仕草で、レンズについた砂をこすり取る。眼鏡を外せばよいものだろうが、彼女にその判断は無いようだ。

視界がよりクリアーになった。

だらりとした物腰で立ち上がり、周囲を見回す。

砂だ。森だ。海だ。雲だ。

三六〇度、一回転して景色の構成物を認識し、読子は自分のいる場所を知った。

島だ。

青い海に白い砂浜。浜の先には、緑の森。

自然物のみで描かれた、美しい絵画である。

「……無人島……かなぁ？」

どうやら今は干潮《かんちょう》らしく、波打ち際は彼女の後方で音を立てている。

読子はぼんやりと浜に立ちつくした。

大英《だいえい》図書館支給のシャツ、スカート、タイに歩きやすいローファー。肩当てのついたロングコート。

ぼさぼさの黒髪に、男性用の眼鏡。黒く、フチの太い不格好な眼鏡。

いつものスタイルが、景色の中で実に不似合いだった。


タイタンの事件を終え、読子は日本への帰路についた。

といっても無論、一般的な船旅ではない。任務で出向いた彼女は、当然正規の出国手続きをしていないのだ。

いつもの服と共にジョーカーが用意したのは、民間会社の輸送機だった。

「アメリカと日本には、ジェントルメンから通達がいってるはずですので。他国に寄り道でもしない限り、撃ち落とされることもないでしょう」

大戦時から飛んでいそうな年期ものだったが、読子に不満のあるはずもない。

彼女は身なりのみならず、自分が無関心なことにはおそろしいまでに無頓着《むとんちゃく》なのだ。

読子は文句一つ言わず乗り込んだ。

輸送機機長にしてパイロットのダグラス・クランブルは太い口を曲げて笑った。

「こんな可愛《かわい》いお嬢《じょう》さんを乗せるなんざぁ、光栄だな。よし、すっ飛ばして刷《す》りたての朝刊を読ませてやるぜ」

五〇を幾つか越えたぐらいか、頑丈《がんじょう》そうな身体つきが、軍隊経験者を思わせる。

「よろしくお願いします」

読子も笑顔で彼に答えた。

そして、彼女の〝家までの長い道のり《ロング・ウェイ・ホーム》〟が始まったのである。


「こいつはなぁ、ベトナムの空を何百回と飛んだんだ！　だがな、一度も撃墜《げきつい》されなかったんだぜ！」

タクシーに乗ると、やたらと話しかけてくる運転手に出くわすことがある。

ダグラスは、まさにそのタイプの人間だった。

彼はアメリカ人で、個人航空会社『タービュランス』を経営していた。

〝乱気流〟とはジョークにしても縁起《えんぎ》の悪い名前であり、仕事を依頼してくる酔狂《すいきょう》な客も少ない。

しかし、ダグラスは頑《がん》として社名を変更しなかった。

「乱気流をへともしねぇウデが、俺の自慢よ」

と胸をはったが、電話帳にはそんなポリシーは記載されない。

ポリシーにこだわる一方で、彼は仕事の内容にはまったく淡泊《たんぱく》だった。

輸送するものが何であれ、目的地まで確実に運ぶ。

その姿勢がアピールしたのは、裏の世界である。

容疑者の国外逃亡、検閲《けんえつ》を通れない動植物、犯罪がらみの証人、証拠品。明らかに盗品と思われる美術品……。

ダグラスは、そういった品々を数え切れないほど輸送した。

内容をチェックもせずに離陸、着陸を繰り返した。知らないほうがマシな事柄も、確かにあるのだ。

ジョーカーが、他国人でありながら彼を雇《やと》ったのは、そういった理由もあるのだろう。彼はおそらく、読子の正体もロクに聞かされていないに違いない。

だが、秘密を守る反動でもないのだろうが、ダグラス自身は実に饒舌《じょうぜつ》だった。

「マフィアの仕事で運んだヤツが、一八人殺した殺人鬼だったたって聞いた時にゃあ、思わず腰がヌケたけどなぁ、ハハハハハ！」

「……はぁ……。あの、ちょっとお伺《うかが》いしたいんですが」

設置した、というより置かれた、というほうが正しいソファーがガタガタと腰を揺さぶる。

読子は乱気流を疑似体験《ぎじ》しながら、どうにかダグラスの喋《しゃべ》りを止めた。

「なんだ?」

「この中……本って、置いてませんか?」

創業以来初めての質問に、ダグラスは首をひねった。

「本……なんでまた?」

「はぁ、読もうかと思って」

実に根元的な会話だが、両者とも大まじめな顔で交わしている。

「おいおい、こいつぁ輸送機だぜ。そんなもん、積んでるわきゃねぇだろ」

「どうしてですかっ。旅の途中、お客さんが退屈することだってあるでしょうっ」

読子の反論は、ダグラスの笑いで吹き飛ばされる。

「HAHAHA! そうさせないために俺が喋ってるんじゃねぇか!」

日本のタクシーには、カラオケで自作の歌を〝サービス〟する運転手までいる。そこまで到達していないだけ、ダグラスはマシなのかもしれない。

しかし読子としても、納得はできない。彼女には、読書にかわるサービスなど存在しないのだから。

「あのですね、お心遣いはとても嬉《うれ》しいんですが、ダグラスさんには操縦《そうじゅう》もありますし、あまりお手を煩《わずら》わせるのも。本さえ頂ければ私、隅《すみ》っこでおとなしくしてますから」

読子の日本人らしい、遠回しな言い方が、単純な人生を歩んできたダグラスには好意的にとられたようだ。

「さすがだ！　ジャパニーズナデシコってのは奥ゆかしいな！　俺がこの前運んだベッキーなんざ、ちょっと嵐に揺られただけで、降りた途端に弁護士呼びやがった！　こいつがまた、家で自分のパンツを捨てたオフクロを告訴《こくそ》しそうなイヤミったらしいヤツで」

「いいえ、あの、いいですから。その話はまた次の機会に、ゆっくりと」

「そうかぁ？　……で、なんだっけ？」

「本ですっ、本！」

ダグラスはごつい指で髪をかき回す。白髪の混じった金髪が、わさわさと幾何学《きかがく》模様を描いた。

「本なぁ……。俺たち運び屋は、余計なものは機体に乗せないからなぁ」

「余計なものってなんですか！　本は人類の必需品ですっ」

思いがけなく語気を荒くする読子に、ダグラスは肩をすくめた。

「そういうもんか？　なら俺は、ここ数年必需品抜きで人類をやってることになるな」

本というものは、読まない人間は徹底的に読まない。日常の中に読書という習慣が組み込まれていないのだ。

読書家にしてみれば信じられない話だが、彼らから言えば「一日三軒以上の本屋を回らないと落ち着かない」という愛書狂もまた、信じられない話だろう。

そう、人は本無しでも支障なく生きていけるのだ。

だが、無いとわかると欲しくなる。

愛煙家がタバコを切らしたように、読子はそわそわと周囲を見回した。

ボロい毛布、カラの酒瓶《さかびん》、ダーツの矢に的《まと》、ゴルフクラブのケース……。これらだって、十分に余計なものに思えるが。

見慣れた書籍《しょせき》の四角い姿は見あたらない。

「そういうあんたは、自分で持ってきてないのか？　必需品なんだろ？」

「もちろん持ってましたが……使っちゃったんです……」

読子がうなだれる。タイタンを止めるために、自分の本も全てストッパーに注ぎ込んだのである。

本を一冊も持たない、というのは彼女にとって、裸でいるより落ち着かない状態だった。

根は気のいい男なのだろう、そんな読子の姿を見て、ダグラスは記憶の底を漁《あさ》った。

「……おい、本じゃないとダメなのか？　雑誌は？」

読子の顔と声が、差し伸べられた希望に一転して明るくなる。

「雑誌でも、全然いいです！　あるんですかっ」

「確か、何年か前に客が持ちこんで置いてったのが、毛布の下に埋もれてたような」

言葉が終わる前に、読子が毛布に飛びついた。

「失礼しますっ！」

毛布をひっぺがすと同時に、空気中にもあっ、と埃《ほこり》やらカビやらの入り混じったものが舞い上がった。

しかし読子は怯《ひる》むことなく、宝を探す海賊《かいぞく》のように、その下の地層に取り組んでいく。

「本っ、本っ！」

ダグラスは半ばあきれ顔で、読子のそんな様子を盗み見している。

毛布の下には、海図やらビールの空き缶やら、ソーセージを覆《おお》っていたビニールやらが堆積《たいせき》していた。

その最も下に、一冊の雑誌が隠れていた。

ゴミの出した分泌物《ぶんぴつぶつ》が染《し》みの跡となっているが、読子は喜んでそれを手にとった。

「あった！」

「あったか！　よかった！」

ダグラスまでが、嬉《うれ》しそうな声をあげる。

「ああ、よかったぁ……」

汚れも気にせず、読子が表紙に頬《ほお》ずりをする。空腹は最大の調味料というが、こんな状況で見つけた雑誌だからこそ喜びもひとしおなのだろう。

「さあさあ、ぱーっと読んでくれ！　俺のオゴリだ！」

「はいっ！」

あまり意味のわからないダグラスのセリフにも、読子は素直に頷《うなず》いた。

ソファーに戻り、改めて表紙を眺める。

「んっ？」

そして彼女は、その正体に気づいた。

「どうした？」

「『BALLOONMANIA』……。ばるーんまにあ……？」

その表紙には、ゆうに一メートルを超えているであろう乳房《ちぶさ》を持つ金髪女性が、扇情的《せんじょう》なポーズを取っていた。

「ああ、そんなタイトルだったか」

「なんですかっ、これはっ⁉」

質問するまでもなく、読子自身も雑誌の正体は理解していた。

「いやぁ、まあ……エロ本だな」

簡潔な答えが返ってくる。

「……外は海か空ぐらいだし、他に眺めるもんも無いとくりゃ……男が読むものなんて、こんな雑誌しかないだろ」

「それはわかりますがぁー……」

読子にしても二五歳の女性である。この類《たぐい》の雑誌を知らないわけではない。

だが、異性以上に同性への興味が無い彼女にしてみれば、こういう〝専門誌〟を読む機会が少なかったのは当然のことである。

加えて彼女は、日英のハーフとはいえ外観はほとんど東洋系に傾いている。

同じ女性とは思えないほどの凹凸《おうとつ》に富《と》んだ、富みすぎた金髪女性の肢体《したい》には、羞恥《しゅうち》を感じるよりむしろ呆気《あっけ》にとられてしまうのだ。

「他に無いんだ、勘弁《かんべん》しろよ」

「はぁぁ……」

返答なのか、嘆息《たんそく》なのか判別しにくい声を漏《も》らし、読子は表紙をめくった。

「あわわっ」

巻頭グラビアに、実物大の乳房が載っていた。

シリコンが注入され、不自然なまでに球形を保ったそれは、形も大きさもスイカを連想させる。

毒々しい書体で、『WOOOOO！　47ｉｎｃｈＢｏｍｂ！』のキャッチが躍る。

「……ひゃくにじゅう、センチ？」

頭の中で換算した読子は、数値の迫力に驚かされる。

「……普段、どんな服を着てらっしゃるんでしょうか」

余計な心配も出てくるというものだ。

次いでページをめくると、モデルがその胸を活用した様々な〝テクニック〟を披露《ひろう》している写真が載っている。

「うー、わー……」

「どうだ？ オモシロいか？」

場所が場所なら、相手が相手ならセクハラ裁判で訴えられそうな質問である。

読子は苦い顔を作った。

「……オモシロい、っていうか……読むトコが無いんですけど」

「そりゃエロ本だからなぁ。エロ本は読むもんじゃなく、見るもんだ」

読子の蔵書で最も少ないのが写真集の類《たぐい》である。その理由はやはり、文字が少ない、ということだ。一〇秒もあれば見終わってしまうのである。

「だがまったく無《ね》ぇってことはねぇだろ。注意深く探してみろよ」

「はぁ……」

あまり乗り気にもなれず、読子はタイトル通り風船が満載されたグラビアを目で追った。キャプションの文字が、ちらほらと見てとれた。

「おう……ごっど、ごっど、あーは、かむいん、いん……」

喘《あえ》ぎ声《ごえ》を棒読みしていく。冷静に読むと、これほど無意味でばかばかしい文章もない。

「ゆーあー、ぐれーてすと……べりー、すぺしゃる……」

「……できれば頭ん中で読んでくれねぇか？　その読み方聞いてると、なんか無性に力が抜ける……」

ダグラスも、白《しら》けた顔になった。

「すみません……」

ページをめくってみても、以降に書かれているキャプションも大差がない。どうやら地下出版の雑誌らしく、文章主体の読み物ページなど皆無《かいむ》だった。

読子はものの一分ほどで全ページの文章を読み終わり、雑誌を閉じた。

「……感想は？」

「……はぁ。なんだかみんな同じページに思えましたが」

小学生が哲学書を読むようなものかもしれない。タイトルが示すように、マニアでなければ各写真、モデル、乳房の差異を楽しむのは難しいだろう。

「まあ、しょうがねぇな。……ゲイ向けの雑誌もどっかに埋もれてたかな？」

「……結構です」

読子の乏《とぼ》しい性知識でも、その誌面は十分に想像できた。

機内をやや気まずい沈黙が満たした時、読子はふと離陸前にジョーカーから受け取ったアタッシェケースを思い出した。

「万が一の、非常用キットです。特に使うことはないと思いますが、念のため」

そうだ、あれがあった。

はたしてケースは、機内の後部に置かれていた。

非常用、とジョーカーは言った。読子にしてみれば、読む本が無い今の状況はまぎれもない非常事態である。

作戦の全てを管理し、遂行《すいこう》するジョーカーのことだ。気を回して、ベストセラー本の何冊かでも詰めてくれたかもしれない。

都合のよすぎる発想ではあったが、確認するだけなら損はない。

読子は立ち上がり、後部のケースに向かった。

その時だった。

「！　伏せろ！」

ダグラスが大声をあげた。

「!?」

反応する前に、理由が機体の鉄板を貫通してきた。

「きゃっ！」

女性らしい声をあげて、読子が倒れる。その理由——鉄鋼弾《てっこうだん》に射抜《いぬ》かれたのではなく、驚きのせいだ。

鉄鋼弾の何発かは、反対側の内壁で止まり、床に落ちた。

その一発が、読子の前に転がってくる。

「!?」

ひしゃげ、変形した弾丸に、文字が彫られている。歪《ゆが》んだ文字はしかしなんとか判別が可能だった。

「殺!?」

明らかすぎる敵意と漢字であるという事実が、読子を困惑させた。

「なんだ、ありゃあ!?」

ダグラスの口調が一変していた。

彼の視界には、いつしか併行《へいこう》する機体があった。黒くペイントされた機体は夜の闇にまぎれ、機体の個別認識は難しい。

その余裕も無かった。機体の横からは、何者かが機銃を構えて連射してきたのだから。

強い雨足《あまあし》のような音で、第二波がダグラスの機を来襲した。

読子は頭を抱えて、床に伏せていた。

「なんなんですかっ!?」

「わからねぇ！　とにかく伏せてろっ！」

どこかの領空を侵犯《しんぱん》したにしろ、警告無しで発砲してくるとはただごとではない。逃げの一手しか頭に浮かばなかった。

だが、旋回しようとした操縦桿《そうじゅうかん》の手応えが変質したことに、彼は気づいた。

「！　片肺《かたはい》をやられた！」

先ほどの掃射《そうしゃ》で、左のエンジンがやられていた。

爆発こそしていないものの、スピードはみる間に落ちている。

「嬢《じょう》ちゃん、壁にパラシュートがある！　脱出しろ！」

ダグラスの決断は素早かった。頭を上げた読子が目を丸くする。

「脱出⁉　この機はどうなるんですか⁉　撃ってるの、誰なんですか⁉」

「わからん！　が、交渉《こうしょう》の通じる相手じゃねぇ！　ヤツは俺が引きつけてる、その間に行け！」

「でもそれじゃ、ダグラスさんが！」

ダグラスの顔に、つい数分前とは異なる、太い笑みが浮かんだ。

「荷物を守り、届けるのが俺の仕事よ。途中下車、ってのはスマねぇが、料金は半分にマケとかぁ」

ダグラスの性格は単純だった。

単純な故《ゆえ》に、ありふれた正義感をなんとしても貫《つらぬ》き通すのだ。

それが、裏の世界でとはいえ、プロとして生きる者の矜持《きょうじ》なのである。

「急げ！　長くは保《も》たねぇ！」

「……はいっ」

読子は正確にダグラスの意志を読みとり、内壁にかけられた救命胴衣を着込み、パラシュートパックを背負った。ジョーカーのケースを手に、敵機とは反対側の降下扉を開ける。

吹き込む風に、コートがたなびいた。

「ギリギリまでパラシュートは開くな！　向こうに見つかったら意味がない！」

「わかりました！」

もしそうなれば、機を相手にぶつけるしかなくなる。だがダグラスとしても、可能ならば生き延びたい。まだ食ったことのないものがあれば、抱いたことのない女もいるのだ。

最後に一瞬、読子がダグラスを見た。

ダグラスも振り返り、彼の守るべき荷物――読子を見た。

「グッド・ラック」

偶然にも、二人の声が重なった。

そして次の瞬間、読子は夜の空に身を躍らせた。

「……スカイダイビングに、なんの躊躇《ちゅうちょ》も見せねぇ。いったい、なんの女だったんだ？・」

ダグラスは疑問を脳の端に置き、隣を飛んでいる危機からの脱出に没頭《ぼっとう》していった。

読子は危険高度ぎりぎりでパラシュートを開き、夜の海に着水した。

ダグラスの機も、謎《なぞ》の敵機も夜空に消えていた。どうやら彼女の脱出は発見されなかったようだ。

救命胴衣にエアーを送り込み、水面にぷかりと浮かぶ。南洋であることが幸いした。凍死の心配はない。

「………………………」

驚きから覚めてくると、太平洋の星空が目に映った。

読子はダグラスの無事を祈りつつ、静かに意識を沈めていった。

そして意識を取り戻した時、この島に漂着していた、というわけだ。

鮫《さめ》に襲われず、溺死《できし》もせず、島に流れ着いたのは強運といえる。しかし、そもそも原因不明のままに太平洋に放り出されたことを考えると喜ぶ気にはなれない。

無意識のままに脱ぎ捨てたのか、救命胴衣は見あたらなかった。

「…………どうしよう……」

突然おかれた『ロビンソン・クルーソー』状態に、読子は悩んだ。

『ロビンソン・クルーソー』は彼女の母国の一つであるイギリスの作家、デフォーによって執

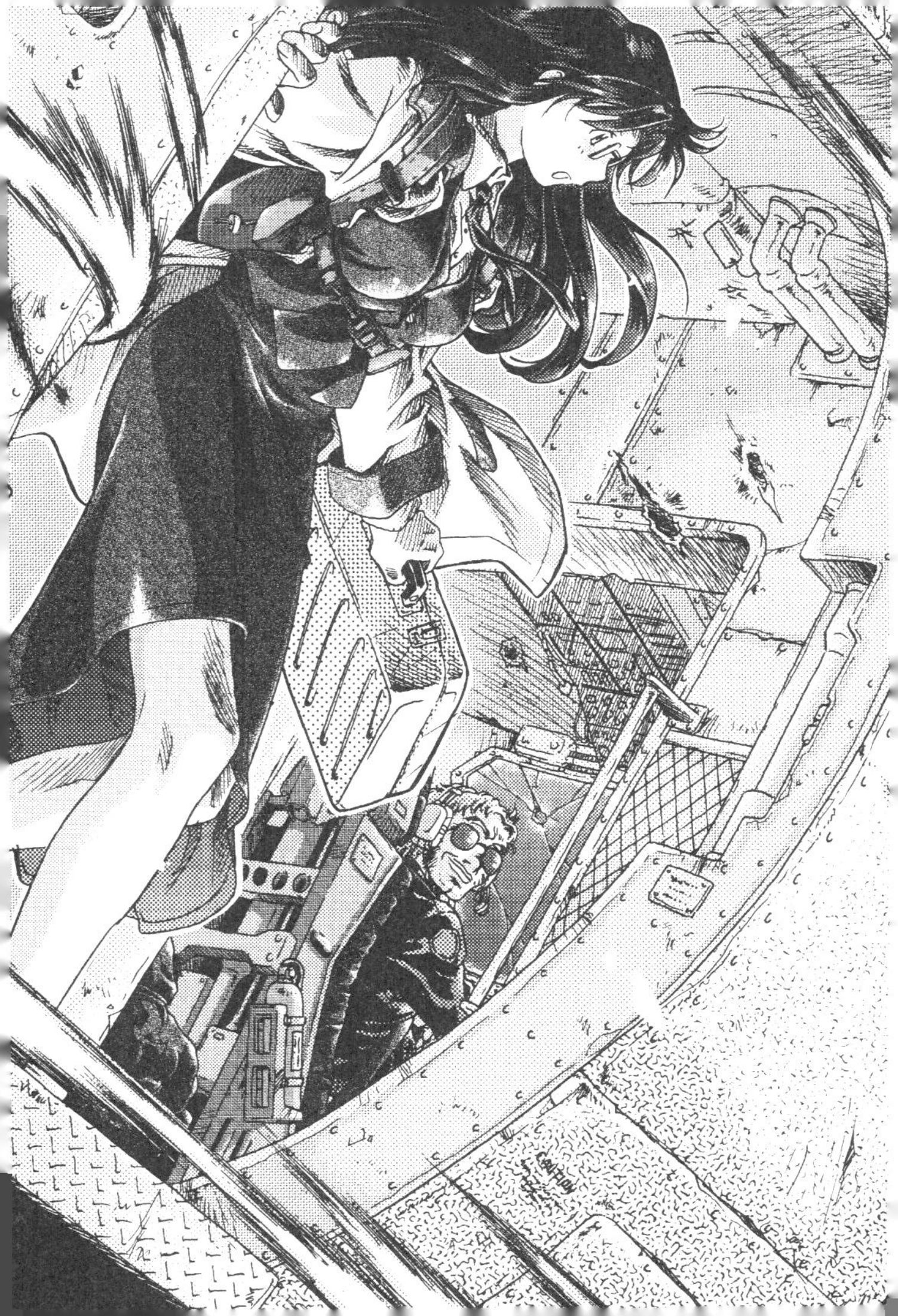

筆された。一七一九年に発表されて以来、児童文学の古典として世界中で読まれている。

絶海の孤島に漂着しながらも、創意と工夫で生き抜くロビンソン・クルーソーの姿には、幼い読子も感銘《かんめい》を受けたものだが、まさか自分が同じ立場に置かれるとは思わなかった。

MI6に在籍《ざいせき》していた期間、サバイバル訓練を受けたことがある。

だが受けはしたものの、文明から切り離される生活に読子は一日で音《ね》を上げた。

それが、MI6をクビになる原因の一つでもあったのだ。

「落ち着きましょう、落ち着いて……」

誰聞く者もいないのだが、わざわざ口に出して言う。

これは人間の、孤独感を回避《かいひ》する初歩的な行動である。

「……まず、身体の異状を確認……」

読子は記憶の海をかきわけつつ、サバイバル・マニュアルで読んだページを思い出そうとした。

頭、手、足、腰、胴、胸、メガネ。

どこにも、さしたる異状やケガは見つからない。スカイダイビング、着水、漂着をこなしてきた身としては、幸運だろう。

「異状なーし。次に、装備の確認……」

救命胴衣とパラシュートは失っている。

つまり、身につけているものが彼女の生存を助ける全装備といえる。

「とは、いっても……」

いつものコートにシャツにメガネ。他には、せいぜい財布《さいふ》があるぐらいだ。紙幣《しへい》もカードも、文明社会でなければただの紙である。

いや、海を漂っていたので紙幣は乾かさないと紙クズにすらならない。

ロビンソン・クルーソーは大工道具に武器弾薬を島に運びこめたが、自分にはなに一つ許されていない。

「………ケース！」

そこまで考えて、読子はジョーカーから受け取ったアタッシェケースに思い至った。

ダグラスの機体から脱出する時は、確かに持っていた。

着水した時も、手放していない。

となれば、意識を失っている間に無くしてなければ、この近辺に……。

読子は慌《あわ》てて周囲を見渡した。

大雑把《おおざっぱ》に景観を捉えるのではなく、確固たる意志をもって探索した。

その視線が、波打ち際に漂う長方形をとらえた。

「！　ケース！」

はたしてアタッシェケースは、砂浜と海の境界線上を行きつ戻りつを繰り返している。

急ぎ、読子はローファーを脱ぎ散らかしてそこへ走った。

リーグ制覇《せいは》がかかった盗塁手のように、頭からスライディングを決める。

海へケースをさらおうとしていた波が、怯《ひる》んだように戻っていった。

「やった！　やった！」

嬉《うれ》しさを満面に湛《たた》え、読子はケースに手をかけた。

「……………………」

一瞬その手を止め、ぱんぱんと叩いて祈る。

「ジョーカーさんジョーカーさん、どうか気をまわしてくれてますように。私、今回けっこー働きました。あの、ボーナスとまでは言いませんから。たとえばイギリスで話題になってる本を何冊か入れてくれてるだけでいいんです。お願いします」

地球のどこかで髪を撫《な》でつけているであろうジョーカーにおねだりをし、慌《あわ》てて十字を切る。読子自身は無神論者だが、まさかジョーカーがブッディストというわけもないだろう。

読子は生唾《なまつば》を飲み、改めてケースに手をかけた。慎重に留《と》め金《がね》を外し、

「……えいっ！」

一気に開く。

「……………………」

内容物を確認していくにつれ、複雑な表情が現れる。

「……携帯固形食料……サバイバルナイフ……マグライトにライター、お金……」

ドル、ポンド、フラン、円を筆頭に何カ国かの紙幣《しへい》が束になっている。

基本的なサバイバルキットのラインナップに、読子の生存確率はみるみる上がっていく。だがしかし、彼女の最も期待するアイテムは、まだ見つかっていないのだ。

内容物を選《よ》り分けて、底のほうにある品を確認する。

「コンパス、地図……各種錠剤《じょうざい》、医療キット……発信機！」

大英図書館のロゴが彫られた、薄い金属製のカードが現れた。

これさえあれば、ジョーカーたちが信号をキャッチして救出に出向いてくれるはずだ。

読子は安堵《あんど》の息をついた。早ければ今日中に、文明社会に復帰できる。

早速《さっそく》ロゴの上に指を乗せ、指紋《しもん》を照会する。

「……？」

本人だと察知した証《あかし》に、ロゴが点灯するはずだった。

しかし大英図書館のマークは沈黙を続けている。

「おかしいな、よっ、……と」

ぐいぐいと指を押しつけても、変化は一向に起こらない。

「故障!?　こんな時にですかっ!?」

しかし彼女の思考は、それより更に考えたくない事態にたどりついた。

裏返し、パッケージのカバーをスライドさせる。電池の入るべき円形の穴は、見事に空っぽだった。

「まさかっ……」

「……電池入れなくてどうするんですかぁっ……」

今時、どんな家電製品でも初期稼働《しょきかどう》の電池ぐらい同梱《どうこん》している。大英図書館の些細《ささい》な、しかし致命的なミスに読子は悲嘆《ひたん》の声をあげた。

「ジョーカーさん……もう、肝心《かんじん》なところで、ボケるんですからっ」

読子に言われたと知ったら、ジョーカーは多大な精神的ショックを受けることだろう。

それにしても、このミスは今まで何人かの犠牲を出しているのではないか？

帰還した際には、真っ先に進言しなければならない。

無事帰還できれば、の話だが。

とにかく、発信機が使用不能となった以上、島への長期滞在は覚悟しなければならない。

日本でも連絡員が待っているのだ、ダグラスの生還如何《いかん》に拘《かか》わらず、読子の行方《ゆくえ》不明は彼らも察するところとなるだろう。

そうなれば、捜索隊が来るはずだ。

水温からしてここは南洋、携帯食料と錠剤《じょうざい》があり、あとは水場さえ確保できれば三〇日は生存できる。

読子は半ば覚悟を決めながら荷を漁《あさ》った。

物理的な生存はほぼ確立されつつある。しかし彼女がより気にしているのは精神的な生存だ。その拠《よ》り所《どころ》が未だ見つからないのである。

「ちょっとぉ、頼みますよぉ、ジョーカーさぁん……」

声にも悲痛な色が混じってくる。

半泣きじみた顔はしかし、ケースの最深部にひっそりと隠されていた封筒を見て、一変した。

「！」

絶望のメーターは一気に希望へと振り切られた。

封筒の大きさはB５判。一般的な週刊雑誌のサイズである。

厚さこそやや薄目なものの、印刷物であることは触れた感触で直感できた。

それになにより読子の心を躍らせたのは、封筒の表に書かれた、ジョーカーの『ボーナスです』の手書き文字だった。

「さっすがジョーカーさん、わかってるんだから、もうっ！」

客観的に見て（見る者はいないが）浮かれすぎな口調で読子は封に手をかけた。現金なものでジョーカーへの印象も好意的方面に急浮上している。

ジョーカーはなにしろ読子の上司なのだ。つきあいも長いのだ。彼女がなにを喜び、なにを一番に求めるかを知っている人間なのである。

「じゃじゃーん！」

芸の無いファンファーレを歌いあげ、読子は封筒の内容物を取り出した。

「…………………………あれ？」

眼鏡《めがね》の奥の目が、たちまち点になった。

彼女の手にあったのは、ノート状の本だった。

表紙をめくると、そこには同じ模様の紙が一ページに三枚ずつ、並んでいた。

「……………図書券……」

一枚一万円の高額図書券である。一冊でも数十万円はくだらない。

なるほど、ジョーカーらしい気配りに満ちたボーナスといえる。現金を貰《もら》ったとしても、読子は本に注《つ》ぎ込むだけなのだから。

「………………………」

普段なら大喜びの読子だったろう。しかし、今彼女を取り巻く特殊な状況は、このチケットで入手できるモノのほうを熱烈に欲《ほっ》しているのだった。

「じょっ……ジョーカーさんのっ……おおバカぁっ……！」

ザ・ペーパーになって以来、初めて。

読子はジョーカーを、罵倒《ばとう》した。

「……現状を、正しく把握《はあく》するぅ……」

立ち直りに数分の時間を費やし、読子はどうにか腰を上げた。

ケースの更に底からは、特殊用紙の残りが見つかった。

ジギーの開発部が作ったものだが、説明書が無いため、実戦《じっせん》で使ってみるしかない。

「………………」

今の読子は、その説明書すら狂おしいほどに求めていた。

だが先に、この島の詳細を知ることだ。

意識を取り戻して約二〇分。まだ彼女は、この砂浜しか知らない。

人気《ひとけ》のないことで無人島と仮定しているが、島の奥はまだ未確認だ。そこに例えば居住者がいれば、読子の漂着は早々に終わりを告げるのである。

だいたいにして、ここは本当に島なのだろうか？

読子はそれを確認するため、海岸を歩いてみることにした。

海沿いにずっと直進し、同じ場所に戻れば島であることが判明する。

「めじるし、書いとこ……」

森の入口に落ちていた枝を拾い、砂浜に大きく文字を書くことにした。

万が一、上空を飛行機が通過すればサインに気づくだろうし、一石二鳥である。

「…………………」

読子はまず、大きく『晴読雨読《せいどくうどく》』と書いて、消した。

続いて『一日一冊、三日で三冊』と書いて、また消した。

「遊んでる場合じゃないっ、もうっ」

余計な体力を消費した後に、ようやく文面を決定した。

『GIVE　ME　BOOK！』。我ながら、切実さがこもった文面に思えた。おそらく要救助者が記すメッセージとしては、史上初だろうが。

「……では、れっつ、ごー」

自分でもあまり覇気《はき》の感じられない声をあげ、読子は砂浜を歩き始めた。

その足取りが、左右にぶれて進むのは、ひとえに書籍《しょせき》への禁断症状によるものなのだが、彼女はまだ自覚していなかった。

約二時間後。

「ぜはー……、ぜはー……」

動物に近い息を漏《も》らして、読子が帰ってきた。

出発点とは反対の浜である。つまり、彼女は海岸線を一周してきたわけだ。言うまでもないが、これは漂着したこの場所が島であることを証明していた。

岩場で歩調を落としたとしても、平均時速は四から五キロ。周囲一〇キロ弱の小さな孤島だ。

「わっ、悪い報せと、いい報せが……」

誰にともなく、探索のレポートを口にする。せずにはいられないのだろう。

「悪い報せは……どこの海岸からも、他の島が見えなかったということです……」

言い終わり、ばったりと倒れる。周辺からの救助は期待しにくい。

「いい報せは……ウサギさんが、いました……」

一瞬だったが、森の中からウサギが飛び出したのを見たのだ。

茶褐色《ちゃかっしょく》な体毛の、野生のウサギだった。ということは、島のどこかに水場があるのだ。

これで最低限の生存は保証されるわけだ。

読子はむっくりと上体を起こし、持ち運んでいたケースの中からコンパスを取り出した。

「……方角と、位置さえわかれば……」

太陽の位置と方位から、島の緯度経度《いどけいど》が割り出せるはずだった。

「……えーと……」

だがしかし、その方法が思い出せない。サバイバル訓練で教わったはずだが、読子の脳はそれを「いるもの」「いらないもの」箱のうち、「いらないもの」に放り込んだようだ。

思い出すのは、容易ではない。

「……まあ、わかったからといってどうなるわけでもないし」

読子はマニュアルの手順を早々に諦《あきら》め、次のステップに進もうとした。

その時、波音にまぎれて読子の腹部が鳴った。

「…………………」

任務開始以来、何も口にしていない。

昨夜、タイタンでワインを少し飲んだ程度だ。

腕時計は午後四時にかかろうとしている。まる一日近くエネルギーを補給せずに行動していれば、腹が鳴るのも当然だろう。

読子は携帯食料のキューブを一つ取り出し、口に放った。

コンビーフの濃い味が口に広がる。水抜きでは多少咀嚼《そしやく》しにくいが、文句は言えない。これで、栄養面での活動はカバーできる。

「……………うう っ……」

だが彼女の目からは、涙の雫《しずく》が流れ出た。

「…………ううっ、あううっ……」

感情が臨界《りんかい》に達したのか、その表情は幼児のように歪《ゆが》む。

「本が、読みたいぃ……」

読子は再度砂浜に倒れこんだ。仰向《あおむ》けの姿勢で、じたばたと手足を振る。

「読みたい読みたい読みたいぃぃっ！　ほーん！　ほーん！」

二五歳の成人女性、しかも裏の世界では〝ザ・ペーパー〟と恐れられる人物とは思えない言動、行動である。

それは、オモチャ売り場で欲しい玩具《おもちゃ》をねだる幼児とまったく変わらない。

「なんでもいいから読みたいよーぅ！　誰か本、持ってきてーっ！」

この純粋すぎる本への感情移入《いにゅう》が、読子の特殊能力の根元となっているのだが、それを差し引いたとしても、今の彼女は単なる〝駄々《だだ》っ子《こ》〟である。客観的には。

昨夜のエロ本が、彼女が読んだ最後の本になるのだが、どう考えても彼女の読書欲を満たしたとは言い難《がた》い。

実質、食事同様にまる一日近く本を読んでないに等しいのだ。

栄養は携帯食料でカバーできたが、精神的な渇望《かつぼう》は今も彼女を責め苛《さいな》むのである。

「うー、うー……」

わめいていても、誰一人答える者はいない。

読子はケースの中から、ジョーカーの封筒を取り出した。

「…………………」

図書券の裏面をめくり、視線を走らせる。

「……本券は、日本国内の書店連盟加入店において使用できます……」

彼女はぶつぶつと、裏面に印刷された使用上の注意と説明の文章を読み始めた。

活字中毒者は、書物を身体から離さない。

電車に乗る際、読む本を必ず持っていく。カフェーでくつろぐ時、食堂でランチを取る時も本、新聞、雑誌を眺めている。

書物を忘れた、などという時は車内吊《づ》り広告の煽《あお》り文《ぶん》を読む。それも読み終えれば定期を取り出し、注意書きを読みふける（浴場、トイレで本を読むことは、各人の主義主張がからんでくる問題なので割愛《かつあい》させていただく）。

無論、意味のある行動ではない。

書物を読まないことで生まれる〝空白〟を、緊急に凌《しの》いでいるだけなのだ。

ぼーっと景色でも眺めていれば、そういった時間はすぐに去るのだが、彼らにはそれが耐えられないのである。

有限の人生、一秒でも多く活字を読んでいたい。

そんな本能が、彼らの底には刷《す》り込まれているのだ。

読子自身にしてみれば、なによりもまず本が好きだ。

それは紙が好きであり、文章が好きであり、文章を読むという行為が好きで、それらのあわさった〝本〟というものが、彼女の衝動に一番感応《かんのう》してくれるものだからだ。

各要素をも愛しているため、彼女は本でなければ紙に印刷された文を読み、紙もなければ他の物体に記された文を探す。

充足感は得られないが、彼女にとっては必要な行動なのである。

「……………一部の書籍《しょせき》には使用できない場合があります。ご了承《りょうしょう》ください……」

面白みには欠ける文章だったが、どうにか読子は落ち着きを取り戻した。

しかし、当然のごとく図書券の裏面に書かれた文字は、同一のものである。

読み返すにつれて、効力は落ちていくことだろう。

新しい文面を探す必要があった。

「……とにかく、森へ出かけましょう」

どことなく牧歌的なセリフで、読子は海岸を上って森へと入っていった。


原生林に近い森だった。

読子が期待を持ったのは、森に入ってすぐ、道が見つかったことだ。

舗装《ほそう》された道ではない。だが、獣道《けものみち》でもない。

明らかに、人間が踏み固めて草と樹の間に作ったものだった。

「とー、いうことはー、人がいる可能性もありますねー、あわわ」

最後の言葉は、コートの裾《すそ》が枝に引っ張られたことで発せられたものである。

湿度も高いが、読子はコートを脱ごうとしない。彼女にとって、コートは肌の延長上にあるといっていい。

それに、直射日光を防ぎ、未知の樹液から身を護《まも》るという見地からも、コートは着用していたほうが望ましいのだ。

「もーりへ、いきましょー♪　読子さんー♪」

応急読書が効いたのか、つい歌なども口をついて出る。

楽観的になるにこしたことは無いが、ジョーカーがこの場にいればたしなめる事は間違いないだろう。

「ララッララ、ララッララ♪　……あ」

文学的感受性の半分にも満たない才能で歌う読子の視界に、唐突に小屋が現れた。

森を彷徨《さまよ》い、お菓子の家を見つけたヘンゼルとグレーテルもかくやという勢いで、読子は走り出した。

「すみませーん！　私、読子・リードマンともうしまーす！」

エージェントがこれほど率直に素性《すじょう》を明かしていいものか。ジョーカーがいれば叱責《しっせき》は疑う余地《よち》のないところだが、読子は目前の小屋、その扉に飛びついて叩く。

「あのっ、漂流してきて困ってて！　本を一冊、わけてもらえませんかっ！」

あまり聞かれたことのない懇願《こんがん》を、扉の向こうに投げつける。

だが、小屋の中からは何の反応も無かった。

「？　もしもーし……」

読子のノックで、扉が内側に開いていった。途端、入れ替わりに埃《ほこり》混じりの空気が流出し、外界へと漂った。

「ひゃっ？」

スモークのように埃が舞う室内を、読子はおそるおそる覗《のぞ》きこんだ。

人はいない。生活の跡もない。

むき出しの板間《いたま》に椅子《いす》、テーブル。壁には十数年前のカレンダー。

「……あ」

カレンダーには『コジマ酒店』の文字がある。日本語だ。少なくともここは、日本の領海だということだ。

読子は自分の使用頻度《ひんど》から、呼びかけも日本語で行っていたのだが、聞く者がいなければ、何語であろうと同じである。

部屋の中央に立ち、周囲を見つめる。

カップ酒の瓶《びん》や、ツマミのビニール袋が散乱していた。

察するに、ここは遠洋漁業の漁師が休息がてら立ち寄る、宿泊所なのだろう。

森の中に施設があるのは、潮の満ち引きを考えてのことかもしれない。

どのみち、普段は無人島なのだ。そして、その漁師たちが次にいつ来るかもわからないのである。

カレンダーの年からすると、もう来ない可能性も多分にある。

「…………」

しかし読子の目は、まだ周囲を見渡していた。落胆《らくたん》するにはまだ早いのだ。

テーブルの陰に、埃《ほこり》の毛布を被《かぶ》った四角形を見つけた。

「！」

急いで飛びつき、拾い上げる。

「…………あぁん」

期待に反し、それはノートだった。

ダグラスの機のように、退屈しのぎの雑誌が置かれてないかという読子の期待は微妙に萎《しぼ》んだ。

表紙には『航海日誌』と書いてある。

「……でも、航海誌だって名作はいっぱいあるし」

読子は自分を励ますように、いそいそとページをめくった。

新雪のように白い誌面に、三行だけが記されていた。

『二月七日。今日から航海日誌をつけようと思う。

二月八日。航海二日めだ。なかなかたいへんだ。

二月九日。飽《あ》きたのでやめる。』

読み終えると同時に、読子は叫んだ。

「だったら、最初から書かないでくださいっ！」

重要な航海誌なら置いていくはずもないのだが、舞い上がっていた読子にはそこまで頭が回らなかったのだ。

時空を超えたツッコミは、当然執筆者に届くはずもなく、小屋の澱《よど》んだ空気に吸い込まれた。

落胆《らくたん》し、小屋を出かけた読子はしかし、足下《あしもと》に今までとは違う形状の本を発見した。

「文庫本⁉」

A6判、いわゆる小説の文庫本などに多いサイズである。

懲《こ》りずというか、諦《あきら》めずというか、読子が飛びつき、ページをめくる。

純白の誌面の一ページに、墨《すみ》文字でこう書かれていた。

『マイブック　日本語で言うと　俺の本』

かつてないほどに読子は脱力し、その場に座りこんだ。

それは〝マイブック〟と呼ばれる本だった。中になにも印刷されていない本である。どう使うかは購入者の自由、というわけだ。年末などに書店に並び、ベストセラーのチャートにも顔を出す。

面白半分で買ったものの、さしたる使い道も思いつかず、ラクガキがてらに書き殴《なぐ》って捨てていったのだろう。

十数年後に、こんな悲劇を巻き起こそうとは、露《つゆ》ほどにも思わなかったに違いない。

「……………………」

読子は、携帯食料で得たエネルギーを完全に消費した気分で、小屋を出た。

「……………あ」

多大な疲労感を抱く読子の視界に、井戸が入ってきた。

なるほど、小屋の使用者は、生活用水をこの井戸から汲《く》んでいたのだ。

これで当面の食料、水、住居が確保できた。くうねるところに住むところ、は全て整ったわけだ。

なのに読子の心はまったくと言っていいほど晴れなかった。

他の全てが安心できても、彼女はこれから極端な活字飢餓《きが》を切り抜けねばならないのだ。

文学的サバイバルの初日は、こうして暮れていった。


漂流四日目。

「あーうー……おうー……」

漂着した砂浜で、読子は倒れていた。

服装は、もちろん流れてきた時のままである。汚れたら、着たままで海の中に入っていき、適当に泳げば洗濯《せんたく》がわりになる。

しかし森での生活は服のそこかしこを傷つけていった。こればかりは、どうしようもない。肌の一部が露出されてしまうが、見る者がいないのだから気楽は気楽だ。

ごろん、と読子は転がった。

浜に書きなおした『GIVE　ME　BOOK!』の『!』の横に転がった。『!』が『!!』となり、文意がより強調される。読子の心理も、まさにそれだった。

漂流して四日間。

およそ文章というものは読み尽くした。

紙幣《しへい》のナンバー、図書券の裏表、カレンダーの日付、本屋のレシート、コンパスの方位板、薬の『服用上の注意』、服のタグ、靴《くつ》のサイズにマグライトの電池の表面にいたるまで、文字という文字は全て読んだ。

だが当然、そこにあるのは使用目的以外に文意を持つ文章ではない。

読子の文学的飢餓感、活字中毒の禁断症状は日を追うごとに激しくなっていった。

今となっては、あの巨乳雑誌さえもが愛おしい。

重度の活字中毒者は対象を選ばない。今ここに電話帳があれば、読子は喜んで読みふけることだろう。登場人物の多さをも楽しみながら。

「ほーんーほーんー、ほんほんほーんー」

自作した〝本が欲しい歌〟のレパートリーも二〇曲を超えた。

気をまぎらわさなければ、崩壊《ほうかい》は目前だった。

しかし、生来《せいらい》を本に費《つい》やし、本と共に生きてきた彼女にとって、それ以外の時間の浪費法など思いつくはずも無かった。

皮肉なことに、体力は規則正しい栄養摂取《せっしゅ》と南洋の気候で一向に損《そこ》なわれない。

神保町《じんぼうちょう》の自宅で、本に埋もれていた時は『不健康』と題された絵画のモデルだった彼女の肌が、今は小麦色に変わろうとしている。

「あうー……ヒリヒリするぅ……」

読子は顔を擦《こす》って泣き言を言った。日焼けなど、物心ついてからしたためしがない。

そもそも海にすら、ロクに出かけたことがないのだ。

健康的になっていく身体と、追いつめられていく精神。

そのアンバランスな線の上を、読子はどうにか歩いていた。

「ダメ……ダメだぁ……このままじゃ、おかしくなっちゃう……」

読子は身体を横向きにし、腹を抱えるように丸くした。

上空から見ると『!!』が『!?』へと変化したのだが、あいにく気づいた者はいない。

「……でももう、みんな読んじゃったしぃ……あぁん、どうしよう……」

反転した読子の視線に、マイブックが入った。全面白紙でもカバー、奥付《おくづけ》、書籍《しょせき》コードと、読む箇所《かしょ》はあるため、持ってきたのだ。

「…………………」

それを見つめているうちに、読子の瞳に光が芽生えた。今まで見たことのない、光が。

「……そうだ……」

発想の転換、というべきか。今まで思いつかなかった思考の到達点は、読子の意識を混沌《こんとん》から引きずりあげる。

「……無ければ、作れば……」

読子は立ち上がった。コートについた砂を払いもせずに、拳《こぶし》を握る。

「そうだっ！　本が無いなら、自分で書けばいいんだっ！」

筆記具はケースの中にあったボールペンを使う。

机はケースそのものを砂浜において寝転がる。

原稿用紙はもちろん、拾ってきた〝マイブック〟を使う。

準備は万端《ばんたん》、整った。

読子は〝読み手〟から初めて体験する〝書き手〟に高揚《こうよう》していた。

「なに書こっかなー、うーん……」

ボールペンの端を噛《か》みながら、思索《しさく》する。

冒険小説。恋愛もの。ＳＦ、ミステリー、ドキュメント。自叙伝《じじょでん》。ポエム……。

様々なジャンルのイメージが、浮かんでは消える。

それはシャボンの泡《あわ》のようにはかなく、つかみどころが無い。

「うーん……」

書きたい、という意欲はあるのだ。だがその意欲を紙面に運ぶ方法がわからない。

「…………………」

まあ、時間はあるのだ。それに締め切りもない。じっくり考え、書き始めればいいだけなのだ……。

読子は、吸い込まれそうに白いマイブックと、青い空を交互に見つめた。


六時間が経過した。

読子の顔からは、汗が滴《したた》っている。それは暑さのせいでは、決してない。

空は夕刻の茜《あかね》色に染まろうとしていたが、マイブックは依然《いぜん》として白いままだった。

「…………」

書けないのだ。

イメージは次々と浮かんで来るのである。

だがそのイメージを正確に伝える描写《びょうしゃ》、それがなんなのかがわからない。

誰に責められているわけでもないのに、読子は焦《あせ》った。

文章を書いた経験が無いわけではない。いやむしろ、人より数倍の文章を書いてきた。

だが今回に限り、助走すら踏み出せない。

なにを書いてもいい。では、なにを書けばいいのか。

なにを書くべきなのか。なにを書くことが正しいのか。

そんな感情が錯綜《さくそう》し、イメージを縛《しば》っていく。この六時間はその繰り返しだった。

「…………なん、で……？」

悩みすぎだ。

もっとリラックスして書けばいいのだ。誰に見せるものでもない。自分のための文章なのだ。そう、頭ではわかっているのに、ボールペンの先は紙面に降りることすらできない。

本というメディアを挟《はさ》むと、その両端に置かれるのが作家と読者である。

本は作家が書くことで始まり、編集、印刷、書店などを経て読者に到達し、読了《どくりょう》されることで完結する。

読子・リードマンという女性は、二五年の人生の大半を読者として過ごしてきた。尋常《じんじょう》ならざる読書量は、彼女を世界でも有数の〝読み手〟にしたが、それは結果としてバランスを欠いた人間性をも形成したのである。

読み手として不自然なまでに先鋭化した彼女は、同時に書き手をも自分の中で過剰《かじょう》に意識している。

〝書く〟ことは、彼女にとって特別だ。

失敗の許されない、聖域なのである。

だから、最初の一文字を記す勇気が振り絞《しぼ》れない。たった一人になってさえ、その聖域に踏み込むことができないのだ。

任務のレポートや、授業の書類なら絶対にこんなことは無いはずだ。

自分は無意識に、内面をさらけ出すことに恐怖している。

思考の迷走は、意外なゴールにたどりついてしまった。

「…………………………」

読子の脳裏《のうり》に、初めて出会った時のねねねの姿が蘇《よみがえ》った。

ひたすら書くことに没頭《ぼっとう》し、その姿を、文章をさらけ出すことに一片の恐れすら覚えないねねね。

そんな彼女の勇気を読子は尊敬し、羨望《せんぼう》し、わずかばかりの劣等感を感じてしまう。

読子のペンは完全に止まった。

高揚《こうよう》していた気分は、陽と共に完全に沈んだ。

漂着七日目。

スコールが、島を襲った。

叩きつける雨粒に、読子は小屋の中に避難した。

ケースの中にあった特殊用紙の中から耐水紙を選び、床に敷く。

その上に転がり、コートを布団《ふとん》がわりにして寝ころんだ。

「……雨……『黒い雨』……『雨傘《あまがさ》』……『雨やどり』……『雨がやんだら』……『九月の雨』……」

雨、で連想されるタイトルをつぶやく。それぞれの内容を思い出そうとしたが、幾つかは記憶の間に挟《はさ》まって、出てこなかった。

読んだ本の内容が全て暗唱できる。

それが、読子の特技のはずだった。

一週間も本を読んでないせいで、能力が鈍っているのではないか？

雨粒よりも冷たいものが、背を走った。

読子はたまらず起きあがり、マイブックを一ページ破りとって、壁に投げてみた。

紙は硬質な音をたて、壁に突き刺さった。

ちょうど真上に穴があったせいで、雫《しずく》が刺さった紙を濡らしていく。

紙の硬度は次第に失われ、やがて水の染《し》みを広げて、べったりと壁に貼りついた。

「……………………」

読子は黙ってそれを見つめていた。

一週間以上本を読まなかったことなんて、今までにない。

……いや、一度だけある。

だがそれは、人生の中でも特殊な状況だった。

読子は思い出しそうになる〝それ〟を押さえつけ、眠った。


漂流一二日目。

読子は砂浜に出ていた。この島は、岩場と森とわずかな砂浜で構成されている。

日常の大半を、この砂浜で過ごした。他に行く場所など、なかったからだ。

「……無人島に、一冊本を持っていくなら——……」

雑誌などで何度か見かけた質問を、自分で自分に何度も問いかける。

「……………」

その答えも、途切れかけていた。なにを選んでも間違っている気がしたし、選んだ本を思い出すのが辛《つら》かった。

水面に映した顔が、やつれている気がした。

栄養も体調も気を配っている。なのにやつれていく自分が、読子はひどく不思議に思えた。

砂浜の『GIVE　ME　BOOK！』の文字が、ひどく虚《むな》しく感じられる。

読子は、文字の横にぼんやりと身を横たえた。

「本が無ければ死んでしまう」

とは、日常的に使っていたセリフだが、今自分はその事態に直面しようとしている。

「……私、本当に死んじゃうのかな……」

肉体が健康でも、それに精神が及ぼすエネルギーは大きい。実際に本が読めなくて絶命した例は聞いたことがないが、自分になら起こっても不思議はないと思う。

本が好きすぎて、特異な能力に目覚めた女。

本が好きすぎて、愛する相手を殺《あや》めた女。

本が読めずに死んで、なんの不思議がある？

読子から、薄皮《うすかわ》を剝《む》くように一つの意志が剝《は》がれようとしている。

それはわずかだが、致命的な意志だ。生への執着だ。それを無くしたものは、たやすく死に転ぶ。

自分の生きることに疑問をおぼえ、答えの得られないままに放棄《ほうき》する。

それだけの些細《ささい》なことで、人は死ぬことができるのだ。

「……死んじゃうと、本、読めないよね……」

読子の本能が、ささやかな抵抗を試みる。

「……でも、もう……」

意識が沈んだ。

夕刻にはまだまだ時間があったが、読子は暗闇の中に落ちていった。


そこで、少しだけ昔の夢を見た。


読子・リードマンは一七歳だった。

研究室の課程を終え、進路の選択を考える時期にあった。

「私は、本が読めればどこでもいいの」

薄い熱意を貼り付かせ、読子は会話の相手を見た。

彼女が会話する数少ない相手――ドニー・ナカジマは、図書館から借り受けた本に視線を落としている。

「聞いてるの、ドニー？」

「あ？　ああ、聞いてるよ」

苦笑したドニーは本を閉じ、改めて読子に向き直った。

大学の図書館は、静謐《せいひつ》な時に満ちていた。紅茶に落ちたミルクをかきまぜるかのように、その静寂をわずかに揺らしているのが読子だった。

「でもお母さんは、日本に戻って来いって言ってるんだろ?」

「まあね。でも、向こうじゃ私、まだまだ子供扱いだし。普通なおシゴトには就《つ》けそうにないし」

「どんな仕事に就きたいんだい?」

「だからぁ、本が読めればどこでもいいのよっ。やっぱり聞いてなかったんじゃない!」

むー、と口を曲げた顔は歳《とし》よりも幼い印象を与える。

見知らぬ英国人なら、彼女を小学生と呼んでも不思議はないだろう。

「本は、どこでも読めるよ」

「なるべくいっぱい読みたいのっ!」

さすがに机の向こうから、学生が気難しい顔を飛ばしてきた。読子は慌《あわ》てて口をつぐむ。

いつもなら、こんなことはありえない。

なぜかドニーといる時だけ、自分はレディーとしての振る舞いを忘れてしまう。

「どうしてだい?」

「どうして? ドニー、周りを見てみなさいよっ。こんなにたくさんの本があるのよ。しかも、これは全世界で出版されてる本のごくごくごくごく一部!」

芝居がかった素振《そぶ》りで、棚《たな》に並んだ本を差し示す。

「こうしてる今も、本は次々に発行されてるの!」

「つまり、全ての本を読むことは不可能なわけだ」

ドニーの指摘を、読子はしかめっ面《つら》で受け止めた。

「わかってるわよぉ……。でもだからこそ、いっぱい読みたいんじゃない！」

「今でも、十分読んでるよ」

「でもっ！　まだ知らないどこかに、私を心底から感動させてくれる本があるのかもしれないじゃない！　それを知らずに、人生を終えるなんてできないわっ！」

ドニーはくすくすと笑った。

「なにっ？　私、おかしい？」

「いや、素晴らしい情熱だ。僕は君ほど、本に情熱を燃やす人を見たことがないよ」

褒《ほ》められたような気がして、読子の心底にぴりぴりとしたものが走った。

しかしそれを表に出すのは間違っている気がして、わざと顔を逸《そ》らせる。

「バカにしてるんでしょ！　子供っぽいって！」

「バカになんかしてないよ」

ドニーは、椅子《いす》から立ち上がる。音を発しない動作は訓練の賜物《たまもの》なのだが、この時の読子はまだそれを知らなかった。

「読子。本を好きなことと、本を好きな自分が好きなことは、まったくの別物だ。わかるかい？」

読子は語彙《ごい》を咀嚼《そしやく》して、頷《うなず》いた。

「後者には、多少なりと自意識が介入《かいにゆう》する。〝この本を読んでると、他人はどう思うだろう？〟わかりやすく言えば、そんなことだね」

ドニーは窓際に近寄った。逆光が、彼の姿をシルエットとして際だたせる。

「前者はひたすらに純粋だ。誰になにを言われようと、どんな障害があろうと、読みたい本を求める衝動。それは恋愛にも似た、純粋な衝動なんだよ」

恋愛、という言葉が読子の動悸《どうき》をわずかに速くさせた。

「僕らに求められるのは、それだ。無償《むしよう》の本を愛する心。叡智《えいち》の探求。そして、永劫《えいごう》に続く読書という道を登っていくことの力」

読子は真剣に、ドニーの言葉を聞いていた。言葉の深意《しんい》はわからないが、彼は今、彼自身の底にあるものを、彼女に語ろうとしている。それは、よくわかった。

「それがあれば、紙は、本は、必ず応えてくれる。どんな運命をも、障害をも乗り越えて、君のもとへやってくるはずだよ。君を、感動させるために」

逆光の中から、ドニーは読子を見つめた。読子には、眼鏡《めがね》のシルエットだけが浮かんで見えた。

「……君は、今その力を掴《つか》もうとしている。願わくば、その力が君を幸福にしてくれるよう」

胸の前で、ドニーは十字を切った。

「〃紙〃が、君と共にあらんことを」

紅潮《こうちょう》した顔で、読子はドニーを見つめた。なにか、神聖なものに触れた気がしたのだ。気高《けだか》い精神が、彼女を迎え入れたような気がしたのだ。

「ドニー……は、大英図書館に勤めてるのよねっ」

「ん? あ、ああ。まあ、そうだけど……」

「決めたわ! 私もそこに行く!」

読子の宣言に、ドニーは目を丸くした。

「司書《ししょ》の資格を取って、大英図書館に就職する!」

「……なぜだい、それは?」

「だって、大英図書館なら世界一本があるところだし、ドニーだっているんでしょ? 私たち、今よりもっともっと、本の話ができるわ!」

読子の猛攻に、立ち上がりかけていた学生が肩をすくめて席に戻った。

「私の好きな本をあなたに薦《すす》めて、あなたの好きな本を私が読むの! そしたら面白い本にあう確率は倍になるし、なによりとっても楽しいし!」

興奮の域にまで達しようとする読子を見て、ドニーが笑う。

「……そうかもしれないね。……わかった。待ってるよ。君が大英図書館に来るのを」

静謐《せいひつ》な空気は、ゆっくりと動きだした。

この幸福な瞬間こそが、読子・リードマンとドニー・ナカジマ、二人のザ・ペーパーに起きた悲劇の出発点だったのだ。


はっ、と瞼《まぶた》が開いた。

遙《はる》か上空に、夜空があった。いつしか眠りに落ちた読子は、砂浜で夜を迎えていた。

昔の夢が、彼女の感情を揺さぶっていた。

目尻からは、砂に吸い込まれるままに涙が滴《したた》っている。

「ドニー……」

彼の言葉が胸に染《し》みた。

降るような星の下で、読子は孤独だった。ドニーを失い、本を無くし、身動きすらできない自分。

この広大な世界で、自分はなんと弱いのか。

本が読めるからといって、なんなのか。

紙を操《あやつ》れるからといって、なんなのか。

十年近くの時が過ぎても、精神はおそろしく弱い。この島で、ひたすらにそれを自覚させられた。

「…………………」

読子は目を閉じた。朽《く》ちるなら、それでもいいと思った。どうせ、地球にある本を全部読むことなんて、物理的に不可能なのだ。

「……………ドニー、ごめんね」

読子は悩むことを放棄《ほうき》しようとした。

だが。

視覚を遮《さえぎ》ったことにより、聴覚が研《と》ぎ澄まされる。

彼女の耳は、波の異変を感じた。

単調な波のぶつかる音に、異物が混入していた。

「……………？」

硬質な中に柔らかさを併《あわ》せ持つ、不思議な物体。波がそれを弄《もてあそ》んでいた。

「……！」

読子は上体を起こし、月明かりに浮かぶ波打ち際を見つめる。

「……………！！！本っ!?」

一冊の本が、流れ着いている。水を吸ってぶよぶよとふやけているが、まぎれもない本だ。

読子は我が目を疑った。そんなことが、あるわけがない。

こんな時に、こんな場所に、本が流れ着いてくるはずがないのだ。

しかしいくら疑っても、本は依然としてそこにあった。

「…………………」

脳裏《のうり》に、ドニーの言葉が蘇《よみがえ》る。

…………〝紙〟が、君と共にあらんことを…………。

読子は立ち上がり、駆けだした。幻《まぼろし》が消えるのを恐れるように、全力で走った。

一度、転んだ。しかし砂のこびりついた顔で、眼鏡《めがね》で、また走り出す。

純粋に求める心があれば、本はどんな運命も障害も乗り越えて、読者のもとにやってくる。

渇望《かつぼう》の心は跳《と》んでいた。

本。この世でもっとも愛しいもの。

砂浜を駆ける読子は、純粋な衝動になっていた。

波うちぎわから拾い上げる。

水をたっぷりと含んだせいで、倍以上に重い。

だが、奇跡的に製本は無事だった。

どのページも落ちることなく、本の背にしがみついている。

インクが滲《にじ》んでいる箇所《かしょ》もあるが、読めないほどではない。

船客が海に捨てたものかもしれない。運送時に海面に落下したのかもしれない。

いずれにせよ、この本は全ての確率を超えて、読子のもとにやって来た。

ただ、彼女に読まれるために。

一二日ぶりの本を、読子は愛しそうに眺める。

本のタイトルは『風の止まる庭』。洋書だ。

一度だけ深呼吸して気分を落ち着け、ゆっくりと、ページをめくり始める。

灯りは月で十分だ。


遙《はる》か上空から、星が見下ろしていた。

『GIVE　ME　BOOK！』の文字と、その言葉が叶《かな》った、世界一幸せな読者を。


「だからよぉ、潮から考えたらこのヘンなんだよ！」

ダグラスは、修理したての愛機で太平洋上を飛んでいる。

その後方、客席にはハンカチで口元を押さえるジョーカーの姿がある。

「……間違いありませんね。大英図書館の監視衛星からも、同じ座標が提出されていますから」

二週間ものタイムラグをおいたのは、手痛いミスだった。

ジョーカーとしても、大作戦を前に読子を失うのは避けたい。

だが監視衛星が捕らえたのは、砂浜に描かれた『GIVE　ME　BOOK！』の文字のみ。読子本人は、幾度の走査でも確認されない。

こんなメッセージを出す遭難者《そうなんしゃ》が、他にいるとは考えにくいが……。

「にしてもよぉ、死ぬかと思ったぜぇ。連中が、俺の着水を不時着と勘違《かんちが》いしなけりゃ、一巻の終わりだったなぁ」

「……念を押しますが、本当にこれが撃ち込まれた弾丸なのですね？」

読子の見たものと同じ、『殺』の字が刻まれた弾丸を注意深く取り出す。

「だからそう言ってるじゃねぇか」

ジョーカーは黙った。

敵側もついに、動き始めたというわけだ。大英図書館に対する唯一の敵が。

とすれば、グーテンベルク・ペーパーを入手したほうが、この戦いを征することになる。

ザ・ペーパーはその先端で活躍する人材だ。敵側も、それを予測して先制してきたのだろう。

ジョーカーは憮然《ぶぜん》と考えこんだ。

ジェントルメンに進言し、更に強大な発言権を求めねば。

最悪の場合、英国が世界から消滅する。

「おーい、ダンナ！　アレ、あの女じゃねえかっ!?」

ジョーカーは、窓から眼下に視線を落とした。

「！」

衛星写真で見た『GIVE　ME　BOOK!』の砂浜が見えた。

輸送機の音を聞きつけたのか、森の中から女が出てくる。大切そうに、一冊の本を胸に抱き。

その姿を見てダグラスは驚き、ジョーカーは微笑した。

「なんだありゃ!?　あいつ、こんなトコでどうやって本なんか手に入れたんだ!?」

「それがどんな手段でも、私は驚きませんよ。世界のどこだろうと、本は彼女の味方です」

読子・リードマンは、機体がダグラスのものだと知り、笑顔を一層輝かせた。

その胸には、海水でふやけた本が、しっかりと抱かれている。

あの夜から今日までの数日間、この中に描かれた物語は読子を支え、立ち直らせた。

本と共に生きる喜びを、彼女に再確認させたのである。

そう、あらゆる苦難と運命を乗り越えて。

彼はそのために来たのだから。

エピローグ

「ただいまー、帰りましたー」

「おかえりー！」

神保町《じんぼうちょう》、読子《よみこ》ビル。その屋上にある読子の部屋。

ここ数週間、留守がちだった部屋に、主《あるじ》の声がこだました。

そのすぐ後ろから、主に比べて若々しい声もこだました。

「……菫川《すみれがわ》先生、どうしておウチに帰らないんですか？」

「だって、まだ留守ん時のこと聞いてないじゃん」

「覚えてましたかぁ……」

紙袋を両手にさげ、読子は本で埋まった室内へと入っていく。

言うまでもなく、袋の中は本だ。大阪の本屋、古本屋を回って買い求めた〝戦利品〟である。

「まあ、バタバタしてたし。まったりしようよ、ね」

ねねねもずけずけと上がりこむ。

既に他人の部屋という遠慮《えんりょ》は見えない。この部屋の惨状《さんじょう》に、どう遠慮《えんりょ》しようもないのだが。

読子はとりあえず紙袋を床の空いた場所に置き、ベッドに仰向《あおむ》けになった。

「あー、やっぱりウチが一番ですねぇ……」

「なんかババくさいよ、センセ」

読子の魂《たましい》の叫びを、ねねねが一言で斬《き》って捨てる。この数週間の読子の活動を知れば、この言葉にも頷《うなず》けるはずなのだが。

「わ、私まだ二五歳です。ババくさい、というのは言葉の暴力かと……」

「中身、もう六〇代じゃん。化粧《けしょう》っけはないし、ウチにいたらずーっと動かないし、時々ボケて徘徊《はいかい》するし」

「ボケてたワケじゃ、ありませんっ！　出かけたのには事情が」

「だったらソレを教えんかいオラーっ！」

ねねねがジャンプし、馬乗りになる。

マウントポジションをあっさり取られ、読子は圧倒的な不利になった。

「菫川さん、な、なにを……」

「んなもん決まっとるやないけぃ、口がダメならカラダに聞く、ちゅーねん」

「関西弁、変です……」

ねねねは読子の頬《ほお》をつまみ、びろびろと引っ張った。

「ふひーっ！」

驚くべき伸縮性で、読子の頬が伸びる。

「あー、おちつく」

「ほんなほろへ、ほひふはなひでくらはぁいっ！」

害のない、じゃれあいである。

しかしそういった時間がどれだけ大切かということを、二人とも知っていた。

まあ、はたから見ればお笑い以外のなにものでもないのだが。

「そーら言え言え、そろそろ教えてくれてもいいんじゃない？　いろいろと」

「むひーっ！」

頬を弄《もてあそ》ばれては言いようがないと思うのだが、ねねねもそれは理解して、今この瞬間を楽しんでいるようだ。

しかしその時、珍しく玄関のチャイムが鳴った。

「客？」

驚いたねねねが、頬から手を離す。

「ほへー……」

「珍しいね、先生に客なんて」

読書の虫である読子に、自分の他にそんな人付き合いがあるなどとは考えにくい。誰かは不明だが、ねねねもさすがに上体から下りる。

「はぁっ……あの、開いてますが」

読子も身を起こして、玄関へと声をかけた。

「はいっ！　……読子・リードマンさん、失礼しますっ！」

勢いよく、ドアが開かれた。

「⁉」

読子とねねねは、同時に目を丸くした。

そこに立っていたのは、メイドだったからだ。

褐色《かっしょく》の肌に金髪、白い髪留めにエプロン。ふわりと膨《ふく》らんだ黒のスカート。

確かにメイドだった。

だがしかし、なぜメイド⁉

疑問詞を隠せない二人に、メイドがぺこっと礼をした。

「読子・リードマンさんですねっ！　私、大英《だいえい》図書館からおつかいで来ました、ウェンディ・イアハートです！」

「はぁ……」

「大英図書館？　例の？」

日本ということで気をつかったのだろうか、メイドの喋《しゃべ》っているのは、たどたどしいながらも日本語だった。故に、ねねねにも言葉の意味は理解できた。

だがそのメイド服は⁉

「失礼、しますっ！」

ウェンディはずいずいと土足で部屋に上がってきた。

「ちょっとあんた、土足っ！」

ねねねが思わず注意する。

「あ！　す、すみませんっ！」

ウェンディがわたわたと靴《くつ》を脱いで放った。

「日本では、部屋で靴脱ぐんでしたっ！」

「当然でしょっ！　あんたメイドでしょ、部屋汚してどうすんのよっ。片づけるのが仕事じゃないの！」

どう見ても年下なねねねの言葉に、ウェンディがさすがにむっとする。

「私、こう見えてもメイドじゃありませんっ！　その実体は大英図書館のメッセンジャーです！」

「誰がどっからどう見ても、メイドじゃない！」

「これはっ、周囲に溶け込むための変装ですっ！」

「浮きまくってるわよっ」

「！　そんなっ!?　日本ではサムラーイ、ゲイシャに次ぐ民族衣装だって、ジョーカーさんに教わったのに……」

「ジョーカーさん？」

なんとなく、納得してしまった読子だった。おそらく彼女は、ジョーカーの歪《ゆが》んだイタズラ心の犠牲者《ぎせいしゃ》なのだろう。

「……は!?　そいえばあなたは、誰なんですかっ!?」

異国の地と任務で冷静な判断力を失っていたのか、今さらながらにねねねに気づく。

「あたしはねねね！　人呼んで菫川ねねねよっ」

そう呼ぶしかないと思うのだが、無意味な自信でねねねが胸をはる。

「……エージェント、ですか？」

「エージェントぉ？　あたしは善良な納税者だけど？」

どれだけ理解したかは不明だが、ねねねの返答にウェンディはみるみる顔を蒼くした。

「……!?　ああっ、任務遂行《すいこう》中に一般人と不必要な会話をしちゃった！　帰ったらジョーカーさんに獄門《ごくもん》ハリツケヒキマワシにされるっ！」

「……ちょっと待ってください、ついてけません」

テンションだけ上がって一向に進まない会話に、ようやく読子が口を挟《はさ》む。

「つまりあの——……あなたは、ジョーカーさんのおつかいで来たんですね？」

「そうです、うっうっ、ウチクビぃ……」

えぐえぐと泣きだしたウェンディを、読子が慰める。

「だいじょうぶです、そんなことされませんよ。ジョーカーさんが、ちょっと冗談言ってるだけです。あの人、冗談ヘタだから……」

ジョーカーが聞いたら複雑な顔をするだろう。

「それに菫川先生は、信頼できる人です。こう見えても」

「どう見えてる、っての？」

ねねねが読子の頬《ほお》をぴーっと引っ張る。

「ひらい、ひらいです～～～～～～～！」

その行動が、ウェンディには驚きだった。ザ・ペーパーを、まるで手下のように！

彼女はしげしげとねねねを見つめる。

「で、先生になんの用なの？　はよゆうてみ」

「菫川先生……」

読子は頬をさすりながら、腕を組んだねねねを恨めしげに見つめる。

室内の力関係はどうやら決定されたらしい。

「はいっ……。読子・リードマン、コードネーム〝ザ・ペーパー〟。私と共に、大英図書館に同行してください」

「はぁ？」

読子が、まだ赤い頬のまま怪訝《けげん》な顔を作る。

「ミスター・ジェントルメン直々の招集がかかりました。大英図書館特殊工作部は、総力作戦を開始します」


（つづく）

あとがき

三巻目です。

順当にはいかず、読子《よみこ》、ねねね、そして小説版初登場のウェンディという三人をそれぞれ主役にしての短編集となりました。

女性陣出ずっぱりだけあって、なかなかハナヤカな本になっていると思います。書店にてあとがきから吟味《ぎんみ》中のお客様はぜひ、このままレジにお運びください。

作中の時間軸《じく》は『ウェンディ篇』↓『プロローグ』↓『読子篇』↓『ねねね篇』↓『エピローグ』となっております。普通に読むと『パルプ・フィクション』的な感覚が味わえるかもしれませんが、「うわなんか進行おかしいキモいキショいヤメてタスケて順番どおりに読ませろオラオラオラ」という方はこのように。

二巻の発売直後、マンガ版の山田秋太郎さんと一緒にサイン会などやらせていただきました。東京、紀伊國屋新宿南店と大阪、わんだ〜らんどなんば店です。スタッフの方々のご尽力《じんりょく》で、とても楽しいサイン会でした。この場を借りてお礼を申し上げます。お世話になりました。なにしろ生まれて初めてのサイン会、もの珍しく『ねねね篇』でもちょっとネタにさせていただきました。重ね重ね、お世話になりました。

そんなわけで、次巻はついにというか、やっとというか、大英図書館特殊工作部《だいえいとしょかんとくしゅこうさくぶ》を芯《しん》に据《す》えた一大作戦〝グーテンベルク・ペーパー〟篇に突入します。

前フリだけだったドニーと読子の過去もカラメます。ジェントルメンの真の目的も見えてきます。敵対する謎《なぞ》の組織も出てきます。最終的には世界を巻き込む一大事件に展開して、感動のエンディングに向かってまっしぐらです。

たぶん。

なにしろ今の段階ではあくまで構想、「あーなったらいいなー」とか「こーできたらいいなー」などと『ドラ○もん』のOP状態ですので。キッチリまとまるまではお待たせすることになるかもしれませんが、まあ、のんびりとお待ちいただきたい、と。

前巻にて『そばかす先生の不思議な学校』のことを書いたところ、様々な方々から情報を戴《いただ》きました。

大阪のサイン会では、現物《げんぶつ》を持ってきてくれた人もいました。わざわざ図書館から借りてきてくださった、とのことでした。サイン会の途中ということもあり、内容までは読めませんでしたが（あたりまえだ）、二〇年を越えて体感した実物の感触は、まさに本好きとしての恍惚《こうこつ》でした。感謝の極《きわ》みです。

他にも「あそこの図書館にありました」との情報をお送りくださった愛知の太田和美さん、神奈川の今野竜太さん、千葉市の佐藤浩章さん、厚木市の越田晃史さん、ありがとうございました。本に出会うのも喜びですが、このように本を通して人の善意に触れるのも、大きな喜びです。

読子やねねねが作中で語る言葉は、私自身の考えとは異なりますが、「本が好きな人に、悪人はいない」というのは同感です。

二一世紀になりましたが、世の中は別段変化もせず、今年も花粉が飛んでます。そんな中で本を読み、本を書く仕事ができるというのは我ながら幸せだと思います。執筆中の苦しみと腰痛など、それに比べればどうということもありません。そう実感しつつ、次作への構想にとりかかりたいと思います。

今回もまた、スケジュールで各方面の皆様に多大なご迷惑をおかけしました。謹《つつし》んでお詫《わ》びもうしあげます。次回こそ、次回こそは……。

四ページって長いなぁ。

実は工程上、私がもっとも苦手な作業がこの「あとがきを書く」ことだったりするのですが。その度《たび》に敬愛する夢枕獏氏の『あとがき大全』を引っ張り出し、「なんであとがきだけでこんなにオモシロいんだ」と歯ぎしりし、また読みふけってしまったり。

それでいて他人の本に「あとがき」が書いてないとなんか損した気分になる、という。勝手ですなぁ。

じゃ、ま。今回はこんなとこで。

また次巻、あなたが行きつけの本屋さんにてお会いしましょう。

倉田英之

この作品の感想をお寄せください。

あて先　〒101-8050
東京都千代田区一ツ橋２－５－10
集英社　スーパーダッシュ編集部気付

倉田英之先生

羽音たらく先生

スーパーダッシュ

R.O.D. 第三巻
READ OR DIE YOMIKO READMAN "THE PAPER"

倉田英之
スタジオオルフェ

集英社スーパーダッシュ文庫

2001年 3 月30日 第 1 刷発行
2016年 8 月28日 第14刷発行

★定価はカバーに表示してあります

発行者 鈴木晴彦
発行所 株式会社 集英社
〒101-8050 東京都千代田区一ツ橋 2-5-10
03(3239)5263(編集)
03(3230)6393(販売)・03(3230)6080(読者係)
印刷所 株式会社美松堂/中央精版印刷株式会社

ISBN978-4-08-630026-5 C0193

第一巻

大英図書館の特殊工作員・読子は本を愛する愛書狂。作家ねねねの危機を救う！

第二巻

影の支配者ジェントルメンはなぜか読子に否定的。世界最大の書店で事件が勃発！

第三巻

読子、ねねね、大英図書館の新人司書ウェンディ。一冊の本をめぐるオムニバス。

第四巻

ジェントルメンから読子へ指令が。“グーテンベルク・ペーパー”争奪戦開幕！

第五巻

中国・読仙社に英国女王が誘拐された。交換条件はグーテンベルク・ペーパー!?

第六巻

グーテンベルク・ペーパーが読仙社の手に。劣勢の読子らは中国へと乗り込む！

第七巻

ファン必読。読子のプライベートな姿を記した『紙福の日々』ほか外伝短編集！

第八巻

読仙社に囚われた読子の前に頭首「おばあちゃん」と親衛隊・五鎮姉妹が登場！

第九巻

読仙社に向け、ジェントルメンの反撃開始。一方読子は両者の和解を目指すが…。

第十巻

今回読子に届いた任務は超文系女子高への潜入。読子が女子高生に!?興奮の外伝！

第十一巻

“約束の地”でついにジェントルメンとチャイナが再会。そこに現れたのは……!?

第十二巻

ジェントルメンとチャイナの死闘が続く約束の地に、読子が到着。東西紙対決は最高潮に！

R.O.D
シリーズ
READ OR DIE
YOMIKO READMAN "THE PAPER"
倉田英之
スタジオオルフェ
イラスト／羽音たらく
大英図書館特殊工作部のエージェント
読子・リードマンの紙活劇《ペーパー・アクション》！
シリーズ完結に向けて再起動!!
スーパーダッシュ